HANA

Toutes les sorties manga des éditions Hana sont sur :

www.boys-loves.fr

et les sorties digitales des éditions Hana sur :

www.hana-book.fr

Et toute l'actualité de nos éditions sur nos réseaux sociaux :

@Editions_Hana

Akamatsu (et) Seven 3

Les colocs d'enfer !

HANA

www.boys-loves.fr

Traduit du japonais par Aline Kukor
Maquette : Justine Mouron
Assistante Edition : Maeva Paino
Responsable Editorial & Production : Tony Mr P

Dépot légal : Juillet 2021

ISBN 978-2-38276-030-7
ISSN 2743-4435

Imprimé par GZ Digital Media as

Merci pour votre fidèle lecture !

FIN

POURQUOI C'EST SI LOURD, LES FRINGUES D'HIVER ?
OH ! MAIS ÇA COMPLÈTERA PEUT-ÊTRE LA CARTE DE FIDÉLITÉ !
BIEN !

AH !
AU FAIT !
RACHÈTE AUSSI QUELQUES GROSSES POIRES, ON N'EN A DÉJÀ PLUS !
OK, D'ACCORD !
BON COURAGE POUR LA LESSIVE !
ON SE VOIT CE SOIR !
ACHETER QUELQUES GROSSES POIRES...
BIEN !

入居者募集
月極駐車場

BON, SUR CE...
MERCI.

CIAO
者募集
Room
月極

リーン
CRIII
リーン
CRIII
リーン
CRIII
リーン
CRIII
C'ÉTAIT RAPIDE...

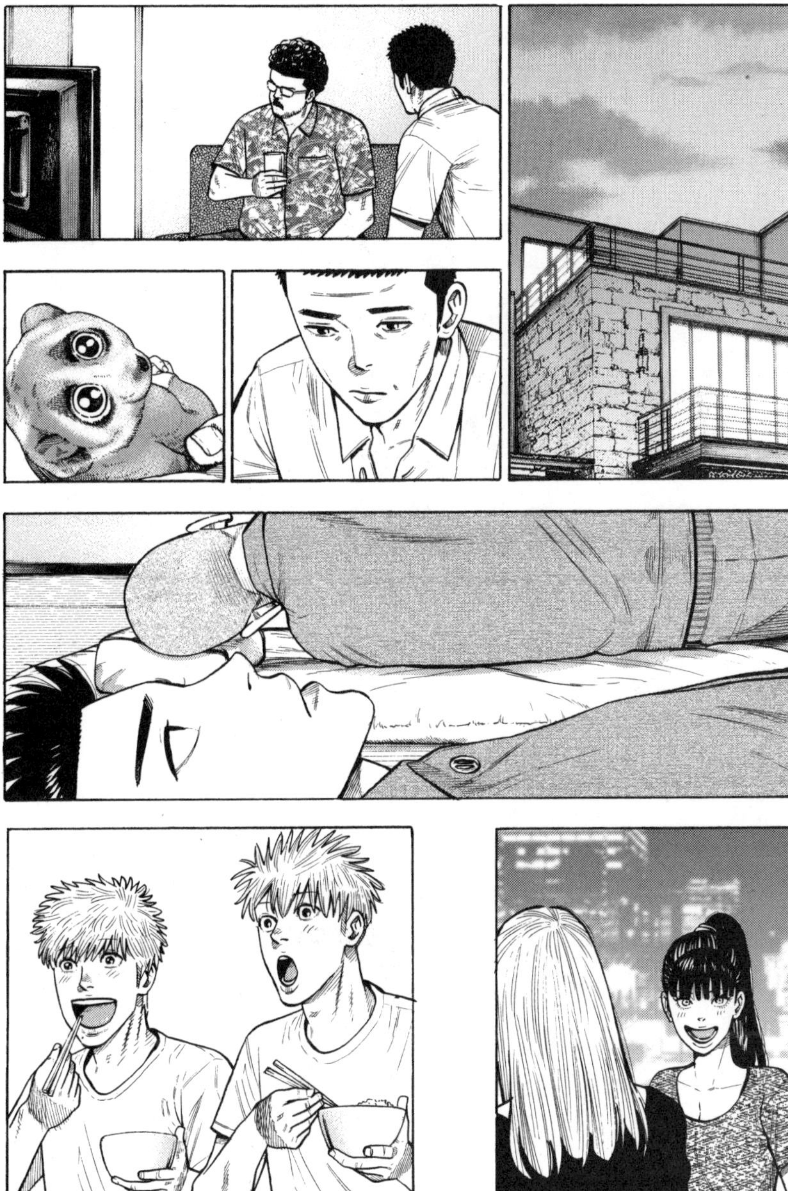

BIENVENUE !
ÇA FAIT UN BAIL !
TON PÈRE EST LÀ, MAIS NE FAIS PAS TROP ATTENTION À LUI.
VRAIMENT, HEIN !
CIAO
CIAO
Allons !

AKAMATSU...
PRÉSENT !
CRICRIII
JE SUIS VENU TE DONNER UN COUP DE MAIN, TONTON !
IL FAIT PLUS FRAIS, AUJOURD'HUI.
MIEUX VAUT NE PAS TARDER À PLANTER LES CAROTTES.
OUI...
Passe mon bonjour à ta mère !
VOUS MANGEZ CHEZ TES PARENTS CE SOIR, NON ? TIENS, APPORTE-LEUR ÇA !
MERCI !

P.U.C.E.A.U !
ET SINON, AVEC TA GONZESSE CHELOU ? ÇA S'EST PASSÉ TRANQUILLOU ? TOUS LES DEUX, VOUS EN ÊTES OÙ ?
C'ÉTAIT NICKEL !
LA VACHE ! QUAND TU SOURIS DE TOUTES TES DENTS, ON DIRAIT UN BON TOUTOU À SA MÉMÈRE ! QU'EST-CE QUI S'EST PASSÉ ?!
Tu t'es fait dresser ? Tes devenu un bon chien-chien ?
Il est tellement choqué qu'il a arrêté avec son rap bidon.
MÊME SI JE NE SUIS TOUJOURS PAS TRÈS SÛR DE MOI, AUJOURD'HUI...
JE VAIS PRENDRE LES PRÉSENCES !
Dans le fond, je n'ai jamais vraiment été quelqu'un de turbulent.
J'avais peut-être tout simplement un peu plus de mal que les autres à trouver ma place.

DÉJÀ TROIS MOIS, HEIN...
CRIII
CRIII
CRIII
OOOH, AISUKE ! PRÊT POUR LA RENTRÉE ?
MAIS T'ES TOUT BRONZÉ ?!
J'AI BRONZÉ AU BORD DE L'EAU, ET PUIS J'AI BRONZÉ À VÉLO ! ET TOI, ALORS, MON POTO ?
COMMENT T'AS DEVINÉ ?
T'AS DÉCIDÉ DE TE SPÉCIALISER DANS LE RAP, C'EST ÇA ?
JE T'AVOUE QUE ÇA SONNE PAS TOUT À FAIT COMME DU RAP...

CE QUE JE VEUX DIRE, C'EST QUE J'ÉTAIS IMPULSIF, AUTREFOIS. TOUT COMME TOI, QUI VENAIS CHERCHER LA BASTON AUPRÈS D'UN PAUVRE INCONNU SANS DÉFENSE DANS UN PARC !
PFF
Stop ! Le passé, c'est le passé !
GUILI だき
GUILI だき
ON SE RESSEMBLE BEAUCOUP, TOUS LES DEUX !
TU TROUVES ? JE N'EN SUIS PAS SI SÛR, MOI...
TA VIE A ÉTÉ BEAUCOUP PLUS DURE QUE LA MIENNE...
ENFIN, JE SUPPOSE QUE CE N'EST PAS LA QUESTION. À CHACUN SON LOT DE PROBLÈMES...
CRR にぎ
CRR にぎ
T'AIMES BIEN SERRER MA MAIN, HEIN, AKAMATSU ?
OUI...

C'est un animal originaire des forêts tropicales et il est nocturne !
Ce qu'il a de grands yeux !
Mais dis-moi, mon garçon...
Il craint la lumière et le froid, donc n'hésitez pas à l'envelopper dans une couverture pour dormir ! Et il se nourrit de fruits !
Sur ce, au revoir !
J'AI DONC CONFIÉ SACHIKO À CE PETIT COUPLE QUI AVAIT L'AIR TRÈS BIEN ET J'AI FILÉ !
LES LORIS PARESSEUX QUI N'ONT PAS DE PUCE D'IDENTIFICATION SE FONT ARRÊTER ET ENFERMER...
JE SUIS CONTENT QU'ELLE SOIT RENTRÉE !
T'AS FUGUÉ D'UNE MANIÈRE ENCORE PLUS HORRIBLE QUE MOI ET PUIS TU TE PERMETS DE ME DONNER DES LEÇONS... BRAVO !
T'es un démon de l'avoir donnée à ce gentil couple, ils auraient pu avoir des ennuis !
T'ÉTAIS UN JEUNE PLEIN D'AVENIR, JE VOULAIS TE REMETTRE DANS LE DROIT CHEMIN !
MAIS TOI AUSSI T'ES UN JEUNE PLEIN D'AVENIR...
OUAIS, C'EST PAS FAUX...

Et va savoir pourquoi, un couple de vieillards passait justement par-là au même moment et a tout vu.
SBOF
Est-ce que ça va, mon garçon ?
宇 宙
Excusez-moi, vous pensez que vous pourriez vous occuper de ce petit singe ?
Pardon ?
FSH

*Univers

Il se trouve qu'en mettant la lessive à sécher...
Hein ?
... j'ai vu un gamin du voisinage essayer de nous voler Sachiko.
Ah !
Attends, petit vaurien !
TADADADAP
Ouaaah...
HAN HAN
Ah !
Je l'ai poursuivi et j'ai réussi à la récupérer...
BAM

JE CROIS QUE J'AI COMPRIS LE TRUC POUR JOUIR PAR DERRIÈRE...
SI JE NE PEUX DÉJÀ PLUS ME PASSER DE MON CUL À MON ÂGE, QU'EST-CE QUE ÇA VA ÊTRE PLUS TARD...
TULULUT
T'INQUIÈTE, J'AI DÉCOUVERT ÇA À 12 OU 13 ANS ET JE M'EN SORS PAS TROP MAL AUJOURD'HUI. TANT QU'ON NE FAIT PAS TROP DE FOLIES...
PRÉCOCE...
J'AIMERAIS BIEN ESSAYER DE TE PRENDRE. L'AUTRE JOUR, J'AI DIT QUE TON TROU DE BALLE NE M'INTÉRES-SAIT PAS, MAIS...
OH, SACHIKO EST REVENUE !
QUOI ? M'SIEUR HAKO, TU VEUX DIRE ?
NON, PAS LUI. UN SINGE.
HEIN ? ME DIS PAS QUE T'AS GARDÉ CONTACT AVEC LE SINGE QUI M'EN A RETOURNÉ UNE À LA MONTAGNE...
Ce serait pas plus surpre-nant que la photo que t'as prise !
T'es redevenu débile ou quoi ?
ARRÊTE UN PEU DE DIRE N'IMPORTE QUOI...
UN CERTAIN JOUR...
SACHIKO ÉTAIT UNE PETITE FEMELLE SINGE DONT S'OCCUPAIT M. TAKASU...
... MAIS UN JOUR, ELLE A SUBITEMENT DISPARU !
Personne n'a vu Sachiko ?
Pas récemment, non...
Est-ce que quelqu'un aurait vu Sachiko ?

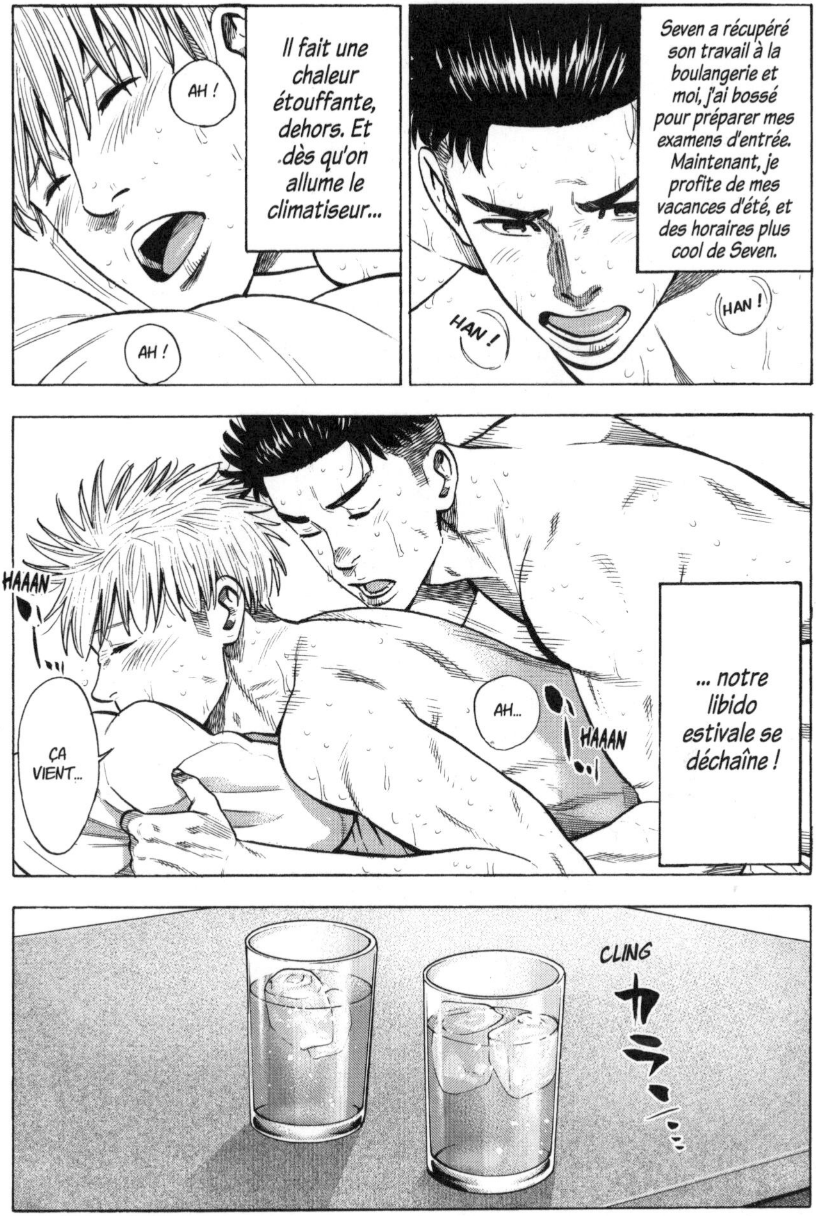
Seven a récupéré son travail à la boulangerie et moi, j'ai bossé pour préparer mes examens d'entrée. Maintenant, je profite de mes vacances d'été, et des horaires plus cool de Seven.
HAN !
HAN !
Il fait une chaleur étouffante, dehors. Et dès qu'on allume le climatiseur...
AH !
AH !
... notre libido estivale se déchaîne !
HAAAN
AH...
HAAAN
ÇA VIENT...
CLING
カラ

AH !
GSH
GSH
HAN !
C'EST... TROP BON...
HAN !
PLAF
AH !
PLAF
PLAF
AH !
HAN !
HAN !
HAN !

CRIII
CRIII
CRIII
CRIII
GWOOO
PLAF PLAF
HAN... HAN...
HAN...
HAN...
HAN...
Pour résumer...
HAN...
... j'ai pu ajouter le sexe à deux à ma vie sexuelle.
PLAF
PLAF
EST-CE QUE ÇA VA ?
OUAIS ...
TOUT BAIGNE...
On pratique aussi la fellation assez régulièrement, du coup je me suis musclé les muscles des mâchoires. Et même si on se tape parfois dessus comme le catcheur Chôno, je pense qu'on ne se séparera jamais.

AKAMATSU (et) SEVEN 17

les colocs d'enfer !

AKAMATSU [et] SEVEN

les colocs d'enfer !

ENFIN, AU MOINS LA MOITIÉ !
BOBOOOM
C'EST VRAI ?
CRSH
CRSH
CRSH
BOOOM
WAOUH !

BOBOOOM
ILS NE S'ARRÊTENT PLUS, DIS DONC, CES FEUX D'ARTIFICE...
BOBOM
BOM
BOM
JE SUIS SOULAGÉ... QU'ON AIT TERMINÉ...
BOM
ÇA VA ?
OUI...
C'EST TOUJOURS PÉNIBLE LA PREMIÈRE FOIS... MAIS TU VAS T'Y HABITUER...
OUI...
FIUUUH
BOOOM
ILS ONT QUAND MÊME L'AIR DRÔLEMENT PROCHES...
OH, ON LES VOIT !

QUAND IL Y A DES MOMENTS OÙ TU NE TIENS PLUS...
JE VEUX QUE TU ME LE DISES...
Clairement...
HAN !
UUH
AAH
HAN !
HAN !
JE VAIS TENIR BON POUR LUI...
GH...
GRAB
EXCUSE-MOI...
TOUT VA BIEN, JE T'AS-SURE...
HAN...
PLAF
パチ
パチ
HAN !
PLAF
パチ
パチ
HAN !

BOM
C'est pour fêter l'entrée de la voiture au garage ? Et depuis quand il a arrêté de pleuvoir, au fait ? Non... C'est pas le moment de penser à ça, mon petit Aisuke !
DES FEUX D'ARTI-FICE ?
ON... ON DEVRAIT ATTENDRE UN PEU...
UUUH
UUUH
UUUH
BOM
HAN...
HAAAN
HOCHE
JE VAIS BOUGER...
FIUUUH
UH...
AH...
BOM
HAN !
HAN !
ÇA VA ?
OUAIS...

FRISSONNE
するんっ
AH !
ズルッ
FRSH
AH !
HAAAN
HAAAN
HAAAN
HAN...
BOOOOM
C'EST EN...
?
FIUUUH
BOM
... TRÉ... ?

DOOOM
Cette teub...
DOM DOM
... a plutôt l'air de vouloir en découdre !
Et puis j'ai testé avec les suppositoires. Ça va le faire ! C'est comme rentrer une voiture dans un garage !
J'ARRIIVE...
Ça va aller...
Ça va le faire !!
CRRRSH
Ça va...
CRII
AH !
... peut-être pas aller, finalement !
Mon garage risque de prendre cher, non ?!
GSH
HAN...
HAN...
GSH
.....
DÉSOLÉ. SI LE BOUT PASSE, LE RESTE SUIVRA...
HAN
HAN
GH... GNH...
GSH
HAN...

CELA DIT, J'AIMERAIS QUE NOTRE COHABITATION RESTE COURTOISE, ALORS...
ATTENDS...
PLUSH
くっちょ
AH !
TEMPS MORT ! TEMPS MORT !!
AH !
PUSH
くっちょっ
AH !
PUSH
PUSH
PUSH
PLUSH
くっちょ
ÇA SUFFIT COMME ÇA, DÉPÊCHE-TOI UN PEU !
UUUH
NON, C'EST JUSTE... QUE C'EST TROP BIZARRE, COMME SENSATION...
UUUH
TU DOIS FAIRE LA GROSSE COMMISSION ? TU PEUX TE LÂCHER...
VRAIMENT TROP...
ÇA VA ?
OUI...
TU ES SÛR ?
JE TE DIS QUE OUI !
POUR DE VRAI ?
C'est bien détendu, je crois que ça devrait rentrer sans trop de difficultés.
MAIS OUI, POUR DE VRAI DE VRAI ! ALLEZ ! MAINTENANT, FAIS CE QUE T'AS À FAIRE !!
TU BANDES COMME UN TAUREAU, JE TE SIGNALE !
HAN
PAF
Tu peux parler...
BON, BEN JE NE ME FAIS PAS PRIER, ALORS...

OUI ?
A... AT-TENDS...
JE SAIS...
C'EST QUOI, ÇA ?
C'EST BIZARRE...
JUSTE ICI, VOUS POUVEZ SENTIR VOTRE PROSTATE !
VAS-Y DOUCE-MENT ...
POF POF
IL SE PREND POUR UN GUIDE TOURISTIQUE OU QUOI ?
SOUHAITEZ-VOUS QUE JE VOUS ACCOMPAGNE JUSQUE-LÀ, CHER VISITEUR ?
AH !
MON... MONSIEUR LE GUIDE...
ÇA ME FAIT TOUT DRÔLE...
PLISH
FRSH
FRSH
VOUS SAVEZ, UN GUIDE AUSSI DOIT SAVOIR FAIRE PREUVE DE PATIENCE MALGRÉ LES TÉNÈBRES DANS SON CŒUR.
AH !
ÇA CRAINT !
UUUH
UUUH
HAAAN
HAAAN

ÇA VA ?
OU... OUAIS...
T'AURAIS PU PRÉVENIR...
JE L'AI FAIT...
AH...
PLUSH
PLUSH
UUH...
PLUSH
ÇA VA TOUJOURS ?
OUI...
HAN
.....
PLUSH
PLUSH
HAN
ÇA FAIT PAS MAL, MAIS...
PLUSH
!
.....

TU AS DÉJÀ UN PEU TITILLÉ TON DERRIÈRE OU PAS ?
Je vais crever Eight !
BEEEN... J'AI ESSAYÉ DE ME METTRE UN DOIGT UNE FOIS OU DEUX, MAIS J'ARRIVE PAS TROP À SAVOIR CE QUE J'AI RESSENTI.
En tout cas, ça faisait moins mal que le plug anal !
Nan, le tue pas ! Reste avec moi !
TU AS DÉJÀ ESSAYÉ D'ENFONCER QUELQUE CHOSE ?
LES SUPPOSITOIRES CONTRE LES HÉMORROÏDES DE MON PÈRE...
AH, C'EST PLUTÔT UN BON CHOIX !
DOM
BON, JE VAIS Y ALLER !
PRENDS PAS CETTE TÊTE DE DEMEURÉ POUR LE DIRE !
PLUSH
T'ES PAS OBLIGÉ D'ESSAYER DE ME FAIRE RIRE...
HAHA...
AH !
PLUSH

QUOI ?
RIEN, JE ME DISAIS JUSTE QUE J'AVAIS PLUS DU TOUT ENVIE DE TE FRAPPER !
QU'EST-CE QUE TU RACONTES...
JE CROYAIS QUE HAKO AVAIT REPRIS TON LUBRIFIANT EN MÊME TEMPS QUE TES AUTRES AFFAIRES... QUAND EST-CE QUE T'EN AS RACHETÉ ?
SPLISH
ÇA FAIT UN MOMENT DÉJÀ, HAHA...
J'AVAIS BIEN L'INTEN-TION...
... DE M'EN SERVIR !

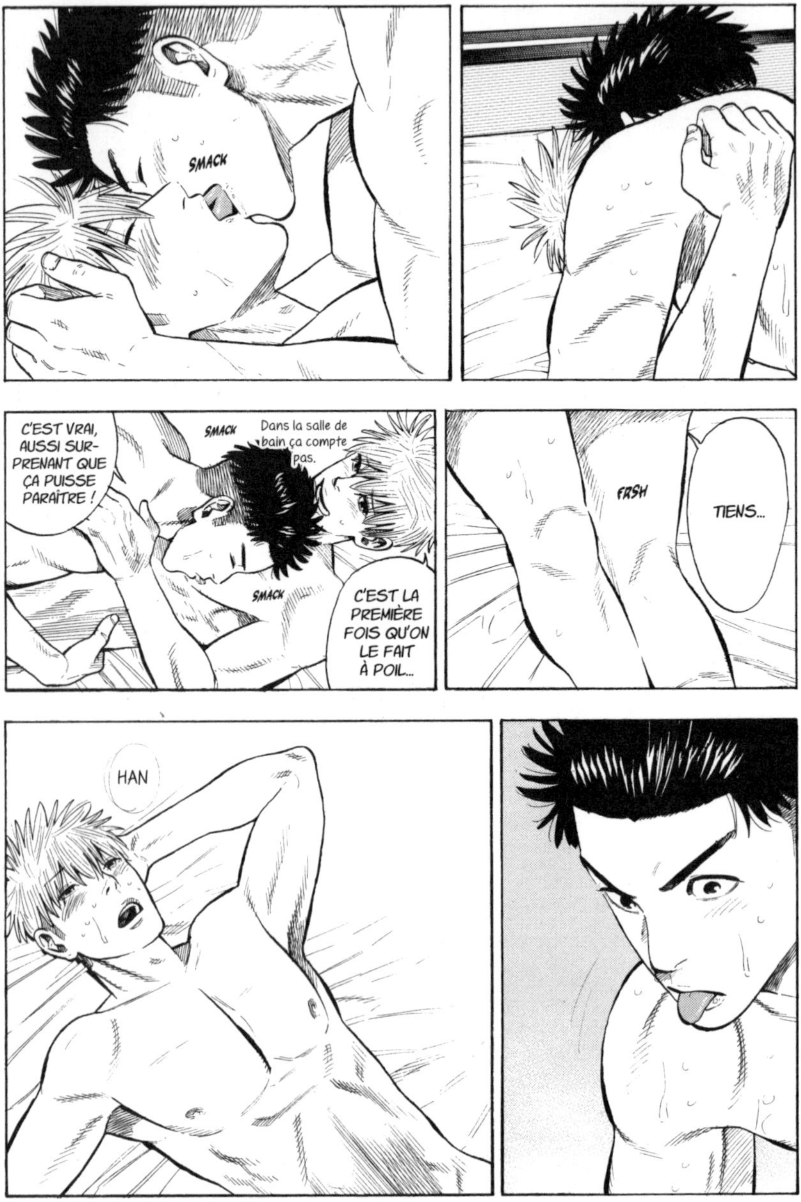
SMACK
FRSH
TIENS...
C'EST LA PREMIÈRE FOIS QU'ON LE FAIT À POIL...
SMACK
Dans la salle de bain ça compte pas.
C'EST VRAI, AUSSI SURPRENANT QUE ÇA PUISSE PARAÎTRE !
SMACK
HAN

UN PEU...
... COMME ÇA...
SMACK
SMACK
HAN

ET MAIN-TENANT...
... C'EST TOUT CHAUD.
TU VAS PAS T'EN-DORMIR CETTE FOIS, HEIN ?
BEEEN...
QUOI ? C'EST MOI QUI ME SUIS EN-DORMI ?
EH OUAIS !
RAAAAH...
T'INQUIÈTE ! DES LITS PAREILS, C'ÉTAIT ENCORE TROP TÔT POUR NOUS !
PARDON
COMMENT ÇA ?
CE QUE JE VEUX DIRE, C'EST QU'ON VA PASSER LES ÉTAPES UNES PAR UNES, TRANQUILLE-MENT.
D'ACCORD...

SI TU PRÉFÈRES QU'ON INVERSE LES RÔLES...
... MOI, ÇA ME CONVIENT AUSSI BIEN.
FSHHH
TON TROU DE BALLE NE M'INTÉRESSE PAS.
Aucune limite...
C'EST QUE... APRÈS CE QUE JE VIENS DE VIVRE, C'EST PAS OUF COMME TIMING...
PARDON...
NE T'EN FAIS PAS...
ÇA TE VA, ALORS ?
ÇA PEUT SE FAIRE, OUAIS...
Tu crois que ça va entrer ?
ON... ON VA Y ALLER COMME ÇA, POUR DE VRAI ?
C'EST TOUT FROID...

TOI AUSSI, AKAMATSU !
BEN JE VAIS ESSUYER LES MOINDRES GOUTTES !
PFFT !
T'AS VU ÇA ?
ARRÊTE, TU VAS ME FAIRE PASSER L'ENVIE DE TE PRENDRE !
HEIN ?
TU VOULAIS QU'ON LE FASSE LÀ, TOUT DE SUITE ?!
HEIN ?
OUAIS...
.....
FSH
ス
C'est quoi cette pose ?
Botticelli ?

PLAF
びっちゃー
EH BEN, LA PLUIE NE FAIT QU'EMPIRER !
POURTANT, EN THÉORIE, ÇA SE CALME TOUJOURS À PARTIR DU MOMENT OÙ ON RENTRE CHEZ SOI !
ON NE DEVRAIT JAMAIS SOUS-ESTIMER LES NUAGES...
Parfait
ILS ENVOIENT DU LOURD !
FSH
TU DÉGOULINES DE PARTOUT, SEVEN.

QU'EST-CE QU'IL Y A ?
GROUILLE-TOI !
ON RENTRE !
J'ARRIVE...

あいう
Tu apprends vite, Seven, tu pourras déjà bientôt écrire !
Encore quelques efforts !

ON COUUUUURT~~~~!!
FSHHHHH
AH...
Je t'écoute, Lars...
Monsieur, j'ai une question !

ゴロ
GROOO
GROOO
ゴロゴロ
AH !
MINCE...
C'EST CON, ON EST PRESQUE ARRIVÉS...
ON SE BOUGE !!
ボチャッ
PLIC
VITE !!
PLIC
ボチャ

CE VENT...
AU FAIT, IL Y A UN TRUC QUI ME TRA-VAILLE...
LA VIOLENCE N'ENGENDRE QUE LA VIOLENCE. IL N'Y A QUE POUR TOI QUE ÇA A FAIT NAÎTRE DE L'AMOUR...
C'EST UNE DÉCLA-RATION D'AMOUR ?
Regarde comme je suis devenu mature !
J'AI ESPÉRÉ, C'EST TOUT.
COMMENT TU T'ES DÉBROUILLÉ POUR PRENDRE CETTE PHOTO ? À QUEL MOMENT, AU JUSTE ? ET COMMENT TU T'Y ES PRIS POUR FAIRE ENTRER TOUT CE BEAU MONDE DANS LE CADRE ?
T'AS L'ÂME D'UN PHOTOGRAPHE, C'EST TROP FLIPPANT !
N'EMPÊCHE, QUAND JE REGARDE CETTE PHOTO, JE SAIS QUE CE N'ÉTAIT PAS UN RÊVE !

CRICRIII
CRI CRIII
OH, ON ENTEND LES CIGALES ! LES PREMIÈRES DE LA SAISON !
C'EST VRAI QUE LE TEMPS A PASSÉ...
AH, AU FAIT !
JE DEVRAI PROBABLEMENT ÊTRE PRÉSENT AU PROCÈS D'EIGHT.
OK...
TU NE ME POSES JAMAIS AUCUNE QUESTION À CE SUJET...
JE CONNAIS LES GRANDES LIGNES, ET IL SERA TOUJOURS TEMPS DE TE DEMANDER DES DÉTAILS PLUS TARD SI BESOIN.
ET PUIS TU AS PROMIS D'EMPORTER CERTAINS SECRETS DANS LA TOMBE !
Tu dois les emporter dans la tooombe...
SI TU VEUX TOUT SAVOIR, JE N'AI PAS PARDONNÉ À EIGHT CE QU'IL M'A FAIT.
JE COMPRENDS QU'IL AIT EU DU MAL À SUPPORTER TON DÉPART ALORS QUE TU ÉTAIS LE SEUL SUR QUI IL POUVAIT VRAIMENT COMPTER...
... MAIS ÇA LUI DONNAIT PAS LE DROIT DE FOURRER UNE SALOPERIE DE PLUG ANAL DANS LE CUL D'UN MEC APRÈS L'AVOIR DROGUÉ !
JE SUIS VRAIMENT DÉSOLÉ POUR LE COMPORTEMENT DE MON FRANGIN. EN ÉCHANGE, TU PEUX FAIRE CE QUE TU VEUX DE MA QUEUE...
Tu veux essayer de me mettre un doigt ?
Sans façon !

TU DEVRAIS DONNER DE TES NOUVELLES À SACHIKO, DE TEMPS EN TEMPS !
OUI...
JE ME DEMANDE S'IL NE VA PAS SE METTRE À PLEUVOIR... ON PREND UN PARAPLUIE ?
COMME TU VEUX, MAIS IL NE FAUT PAS OUBLIER LE SAC ISOTHERME. ON ACHÈTERA DE LA GLACE !
TU PRÉFÈRES À LA PASTÈQUE OU AU LAIT CONCENTRÉ ?
CLAIREMENT À LA PASTÈQUE !

AU MOINS, TOI, TU AS EU LA CERTITUDE D'ÊTRE AIMÉ PAR TES PARENTS !
JE NE L'AVAIS JAMAIS VU SOUS CET ANGLE...
TU ES PLUS DÉLICAT QUE TU EN AS L'AIR, HAKO !
TU L'AS DIT ! MAIS CETTE RUDESSE DONT TU FAIS PREUVE EST PROBABLEMENT LA CLÉ QUI T'A PERMIS DE SURVIVRE !
Oh, elle pleure !
MERCI, J'AI TERMINÉ !
PAS ÉTONNANT QU'IL L'AIME AUTANT...

PARFOIS, J'AI L'IMPRESSION QU'EIGHT EST TROP OBÉISSANT POUR SON PROPRE BIEN !
JE CROIS QUE LE FAIT D'AVOIR ÉTÉ ABANDONNÉ PAR SA MÈRE QUAND IL ÉTAIT GAMIN L'A TRAUMATISÉ.
IL A DÛ PENSER QU'ELLE ÉTAIT PARTIE SANS LUI PARCE QU'IL ÉTAIT PLUS UNE GÊNE QU'AUTRE CHOSE.
LES GOSSES NE COMPRENNENT PAS TOUTES LES RAISONS QUI PEUVENT POUSSER UN PARENT À AGIR COMME IL LE FAIT.
APRÈS ÇA, IL A PRIS L'HABITUDE DE SE FAIRE TOUT PETIT ET DE SE PLIER À TOUS LES ORDRES, PAR PEUR D'ÊTRE LAISSÉ UNE NOUVELLE FOIS SUR LE CARREAU.
DU COUP, LES RARES FOIS OÙ IL DÉPASSE LES LIMITES, C'EST COMME S'IL EXPLOSAIT. IL DEVIENT INCONTRÔLABLE.
SI SEULEMENT IL AVAIT ÉTÉ CAPABLE DE DIRE NON, DE TEMPS EN TEMPS, COMME TU L'AS FAIT...
ET DANS SON INFORTUNE, IL A TROUVÉ UN ADULTE QUI S'EST INTÉRESSÉ À LUI ET QUI A VEILLÉ SUR LUI. PAS ÉTONNANT QU'IL SE SOIT AUTANT ATTACHÉ À LUI...
IL CREVAIT D'ENVIE D'ÊTRE AIMÉ, CE GAMIN.
MÊME SI DANS LE FOND, SON PASSÉ SEMBLE MOINS TRAGIQUE QUE LE TIEN...

LE NOM D'EIGHT N'APPARAIT FINALEMENT PAS DANS CETTE HISTOIRE DE MEURTRE, PERSONNE NE SAIT QU'IL A TUÉ L'HOMME QUI A ACHETÉ SES SERVICES.
LE BUREAU DES TAXES PRÉFÈRE ÉTOUFFER L'AFFAIRE, ÇA NE LUI FERAIT PAS BONNE PRESSE D'ÉBRUITER LES PETITS PASSE-TEMPS DE SON DÉFUNT CHEF.
PSHHT
CETTE CRAPULE DE TAKASU SAVAIT QU'EIGHT NE RISQUAIT PAS GRAND-CHOSE, ET C'EST POUR ÇA QU'IL A PRÉFÉRÉ METTRE SES CLIENTS À L'ABRI.
ÇA DOIT VOUS DÉBECQUETER, HEIN, EIGHT ET TOI !
ENFIN BON ! D'UN AUTRE CÔTÉ, S'IL N'ÉTAIT PAS SI ABJECT, LES GARS ET MOI ON N'AURAIT PAS DE QUOI MANGER TOUS LES JOURS ALORS, JE SUIS MAL PLACÉ POUR M'EN PLAINDRE !
IL S'EST UN PEU CALMÉ, JE SUIS CERTAIN QU'EIGHT COMPREND LA SITUATION.
ET PUIS MAINTENANT, TAKASU ET LUI POURRONT TOUJOURS FAIRE PRESSION SUR LES CLIENTS DONT ILS ONT TU LE NOM.
AH LÀ LÀ, C'EST TROP FLIPPANT !

FSHHH
Quelques jours plus tard...
JE NE M'ATTENDAIS PAS À CE QUE TAKANAMI NOUS DEMANDE D'EMMENER MOTA.
IL DOIT L'AVOIR VUE ALLER ET VENIR À L'APPART, ÇA L'A PEUT-ÊTRE INQUIÉTÉ.
L'INQUIÉTER ?
TAKANAMI S'EST PORTÉ GARANT POUR L'APPARTEMENT DONC IL POURRA LE GARDER ENCORE DEUX ANS, FACILEMENT !
DIRE QUE NOUS, ON GALÉRERAIT À PAYER CE LOYER PENDANT UNE SEULE ANNÉE...
ÇA DOIT BIEN RAPPORTER, LA DROGUE !

On s'est endormis, comme ça, chacun en tenant la teub de l'autre. Impossible de dire qui a flanché le premier.
WAOUH ! C'EST GÉANT ! ♥
Ça peut se comprendre, vu la journée de fous et le bon bain relaxant !
Et dans mon rêve, j'allais cueillir des racines de bambou.
Quand je me suis réveillé, Seven était déjà retourné dans son lit.
ZZZ
ぐーっ
C'est sûr que quitte à avoir l'occasion de pieuter dans des lits si confortables et moelleux, autant en profiter à fond !
Le matin, on a piqué une tête dans la salle de bain collective, puis on a pris notre petit dej et on est allés glander un peu dans le hall d'entrée.
LA RÉCEPTION EST OUVERTE.
ON Y VA ?
Et voilà, The End !
Mais bon, c'est pas grave !
Maintenant, notre peau est encore plus douce et lisse qu'avant ! On a profité un max de ce séjour !
Ce petit changement d'air aura été un franc succès !!

PLIC
ピヨ
PLIC
ピヨ
PLIC
ピヨ
PLIC
ピヨ
MERCI POUR VOTRE VISITE.
REVENEZ NOUS VOIR QUAND VOUS VOUDREZ !
Vous savez quoi, les singes de la montagne ?
Eh ben finalement, on s'est endormis comme des masses !
Après avoir décidé de vivre notre vie à fond, le premier truc qu'on a fait, c'est pioncer !

AKAMATSU [et] SEVEN
16
les colocs d'enfer !

ゴロゴロ
ROLL
ROLL
ON VA SE FAIRE DES CÂLIIINS !
TOUT PLEIN DE CÂLINS !
ちゅ
SMACK
IL S'EST PASSÉ UN TAS DE TRUCS, MAIS IL A RETROUVÉ LE SOURIRE...
HAHA !
C'EST UN BEAU VOYAGE !
JE NE TE LAISSERAI PLUS PARTIR !

ON N'EST PAS OBLIGÉS, SI T'ES FATIGUÉ.
JE SUIS VANNÉ, OUAIS...
ぐいっ
GRAB
... MAIS ON N'A PAS TOUS LES JOURS L'OCCASION DE BATIFOLER DANS UN LIT AUSSI CONFORTABLE, ALORS...
... VA POUR LES CÂLINS !
OH !

TU AS RAISON...
MOI NON PLUS JE NE VEUX PLUS...
... AVOIR DE REGRETS...

ぐい FRSH
OH !
ぐい FRSH
OOOH !
JE SUIS VENU FAIRE DES CÂLINS...
DÉCIDÉMENT, T'ES TOUJOURS AUSSI RENTRE-DEDANS, MON CHER SEVEN...
TU PEUX PARLER, T'AS DÉJÀ OUBLIÉ COMMENT TU ME SUÇAIS, LA DERNIÈRE FOIS ?
T'as fait pareil !
Y A D'AUTRES FAÇONS DE LE DIRE...
HÉHÉ !
だき FRSH
FRSH だき
T'ES BIZARRE, DEPUIS L'INCIDENT DU PONT...
POSSIBLE. JE COMMENCE À ME DIRE QUE VIVRE DROIT DANS SES BOTTES VAUT MIEUX QUE D'AVOIR DES REGRETS...
JE L'AVAIS PAS VU VENIR, ÇA, MAIS AU MOINS ÇA AURA ÉTÉ EFFICACE !

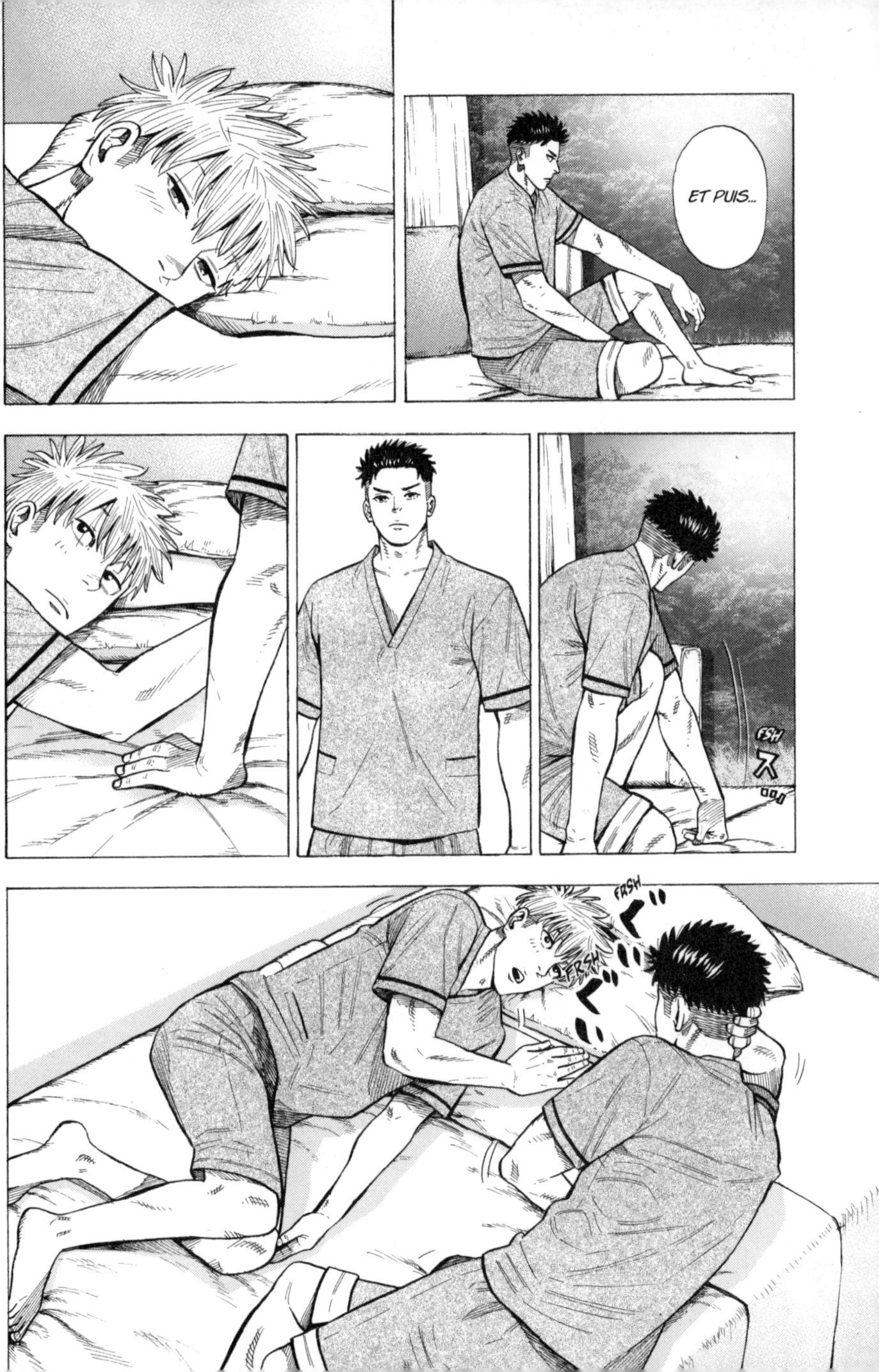
ET PUIS...
FSH
ス
FRSH
ぐ
FRSH
ぐ

HAAA...
FSHH
FSHH
FOUAH ...
SBOF
C'EST LE PARADIS !
FAUT DIRE QUE JE SUIS CREVÉ ! JE CROIS QUE ÇA IRA POUR AUJOURD'HUI...
ÇA M'AVAIT MIS DANS TOUS MES ÉTATS D'IMAGINER LE BAIN PRIVATIF MAIS, FINALEMENT, ENTRE LE SOULAGEMENT D'ÊTRE EN VIE ET LE BIEN-ÊTRE QUI M'A SUBMERGÉ, J'AI JUSTE FAIT TREMPETTE COMME UN VIEUX !

MERCI !
JE N'AI RIEN FAIT DU TOUT. C'EST MÊME TOI QUI NOUS AS GAGNÉ CE SÉJOUR.
JE VOULAIS TE SAUVER, AU DÉPART, ET FINALEMENT JE N'AI RIEN PU FAIRE !
MOI NON PLUS JE N'AI RIEN PU FAIRE QUAND JE SUIS ALLÉ CHEZ TES PARENTS, SI TU TE SOUVIENS BIEN.
À MOINS D'ÊTRE AVOCAT, JE CROIS QUE PERSONNE NE PEUT VRAIMENT AVOIR SON MOT À DIRE SUR LA VIE D'AUTRUI.
OUAIS, C'EST PAS FAUX...
Et puis ça fout surtout les boules de se prendre un sermon en pleine face !
QUOI QU'IL EN SOIT...
... JE SUIS CONTENT DE LA MANIÈRE DONT TOUT ÇA S'EST TERMINÉ.

AU FAIT, JE RÊVE OU TU AS CRIÉ QUE TU M'AIMAIS, QUAND ON A CRU QU'ON ALLAIT TOMBER ?
C'ÉTAIT PAS PLUTÔT TOI ?
HEIN ? JE T'ASSURE QUE C'ÉTAIT TOI !
ÇA M'ÉTONNERAIT...
EN FIN DE COMPTE, PEUT-ÊTRE QU'ON L'A DIT TOUS LES DEUX...
IL FAUT CROIRE QUE C'EST QUAND ON EST AU BORD DU GOUFFRE QU'ON EXPRIME LE FOND DE SA PENSÉE !
HA HA HA
PLUS J'Y PENSE, PLUS J'AI L'IMPRESSION QUE C'ÉTAIT MOI, EN FAIT...
AH LÀ LÀ, IL N'Y A PAS À DIRE...
ÇA AURA ÉTÉ UNE SACRÉE JOURNÉE !
FSHH
FSHH

LE DÎNER ÉTAIT UN VRAI RÉGAL !
DE LA BONNE BOUFFE ET UNE BAIGNOIRE IMMENSE, C'EST LE PIED !
FINALEMENT, L'OURS A TRAVERSÉ LA RIVIÈRE EN PÊCHANT QUELQUES POISSONS AU PASSAGE...
HOP
J'AI PRESQUE CRU L'ENTENDRE DIRE QU'IL VOULAIT JUSTE TRAVERSER !
FSHH
FSHH
HAHA...
QU'EST-CE QU'IL Y A ?
RIEN, JE REPENSE JUSTE À CETTE JOURNÉE COMPLÈTEMENT IRRÉELLE !
HAHA, C'EST CLAIR ! C'ÉTAIT UNE AVENTURE DIGNE DE BOUDDHA !
C'EST QUELQUE CHOSE, LA MONTAGNE !
AU MOINS, MAINTENANT, JE SAVOURE LA VIE !

ホカホカー
FSHH
PFIOUU...
はあ
HAAAAAAAA
JE REVIS !
JE... VIS TOUT COURT !
はあ
HAAAAAA
QUELLE CHANCE DE S'EN ÊTRE SORTIS SAINS ET SAUFS !

HAN...
HAN...
On devrait toujours jouer les bons samaritains...
HAAAN...
MERCI, LES AMIS...
On se croirait grave dans un film Disney...
DOOOM
どっぷり
LA NATURE... EST TELLEMENT MERVEIL-LEUSE...
JE SUIS HEUREUSE DE VOIR QUE ÇA VOUS A ÉMUS À CE POINT ! N'OUBLIEZ PAS VOTRE RÉSER-VATION POUR LE BAIN, À PARTIR DE 21 H 30.
ON EST RENTRÉS...
ON A SURVÉCU...

GH
DOM
HEIIIIIN ?!
NE TE FAIS PAS DE MAL, PETIT LAPINOU !

CRAAA
OUAAAH !!!
CRAAA
AAAH !
JE VOULAIS JUSTE TRAVERSER...
Ça ne fait rien, je vais continuer à la nage !
Aaah ! Gros nounours !
OUAAAAH !
JE T'AIIIIME !
MOI AUSSIII !
CLAC
GRAB

S'IL NE NOUS VOIT PAS COMME UN DANGER, ON DEVRAIT POUVOIR TRAVERSER TOUT DOUCEMENT...
POURQUOI TU CROIS QU'IL EST LÀ, SI C'EST PAS POUR NOUS FAIRE LA PEAU ? POUR PRENDRE UN RACCOURCI ? ET POURQUOI TU LUI PARLES PAS, À LUI, COMME AUX AUTRES ANIMAUX ?!
JE PEUX COMMUNIQUER AVEC CERTAINS, ET PAS AVEC D'AUTRES.
TU LA SENS MONTER, L'ADRÉNALINE ?!
T'AS LU QUOI DANS SON REGARD ? IL VEUT JUSTE PASSER ?
CE SERAIT BIZARRE QU'IL PRENNE UN CHEMIN AUSSI FOIREUX...
J'AIMERAIS BIEN Y CROIRE ! MAIS DANS LE DOUTE, ON DEVRAIT AVANCER EN EXÉCUTANT NOTRE FIGURE...
CE TRUC ?!
SI ON SE LOUPE, ON RISQUE DE TOMBER...
ON EST PLUS GRANDS QUE TOI!!!!!!
CRIIIII
MAIS AU FAIT...
T'AS PAS L'IMPRESSION QUE DEPUIS TOUT À L'HEURE...
CRAC
CRAC
CRAC
CRAC
... LE PONT FAIT UN BRUIT CHELOU ?
CRAC
CRAC
CRAC
AH !

Oh, c'est pas vrai !
Voilà un gros nounours !
ギィイイ CRIII
IL APPROOOCHE !
DLING
DLING
Aaah, le sentier super nature...

CRII
IL EST JUSTE LÀ POUR FOUTRE LES CHOCOTTES AUX PROMENEURS, EN FAIT, CE PONT !
TROP FLIPPANT !
CRII
YAHOUUUUU !!
CRII
CRIII
C'EST PAS TRAVERSER CE MAUDIT PONT QUI VA M'AIDER À T'AIMER PLUS, TU SAIS !
EN PLUS IL ARRÊTE PAS DE GRINCER, ÇA ME RASSURE PAS TROP !
T'ES UN MEC DE LA VILLE, PAS ÉTONNANT QUE TU FLIPPES AU MOINDRE BRUIT !
CRIII
TU PEUX PARLER !
CRIII
CRIII
T'AS PAS L'IMPRESSION QUE LE PONT PENCHE UN PEU ?
C'EST NORMAL, ON EST À DEUX AU MÊME ENDROIT !
PAS ICI, DERRIÈRE NOUS...

QUELLE PROMENADE DE DINGUES, QUAND MÊME...
TU CROIS QUE CE GENRE DE TRUC EST NORMAL, POUR UNE AUBERGE QUATRE ÉTOILES ?
Fin de la balade dans 500 mètres
J'EN AI MA CLAQUE DES ANIMAUX...
TU AS TENU BON, JE SUIS FIER DE TOI !
On a juste sauvé quelques petites bêtes en passant...
REGARDE, UN PONT SUSPENDU ! LA VUE DOIT ÊTRE TERRIBLE, DE LÀ-BAS !
RIEN QUE POUR ÇA, ÇA VALAIT LE COUP DE VENIR ! ON Y VA ?
ALLEZ ! ON TRAVERSE LE PONT HISTOIRE D'AVOIR UNE BONNE MONTÉE D'ADRÉNALINE...
... ET PUIS ON RENTRE !
L'ADRÉNALINE, HEIN...
TU RAFFOLES DE CE GENRE DE TRUC, TOI...

POURQUOI ?
KIIIH
KIIIH
KIIIH
NON MAIS ÇA VA PAS ?! C'EST TON REJETON PERDU QUI S'EST COLLÉ À MOI, J'AVAIS RIEN DEMANDÉ À PERSONNE !!
ARRÊTE, TU VAS QUAND MÊME PAS TE DISPUTER AVEC UN SINGE ?!
ET PUIS TOUT ÇA, C'EST TA FAUTE ! CE SERAIT PAS ARRIVÉ SI TU L'AVAIS SURVEILLÉ CORRECTEMENT, TON GOSSE !!
Après l'incident avec les pingouins, je dois dire que ça ne me surprend pas tant que ça...
Kiiih kiih kiih, ce n'est pas un méchant garçon !
OH, J'AI L'IMPRESSION DE LES COMPRENDRE !
Ah bon ? D'accord...
KIIIH
!!
ET NE VOUS PERDEZ PLUS DE VUE, HEIN !
FRSH

KIH KIIIH KIH !
KIIIH !
KIIIIH !
KIIIIIIH !
AKAMAT-
SU !
ぷはっ
PFOUAH
HAAA...
PAF

TU DOIS RESSEMBLER À UN DE SES FRÈRES...
Je vois...
ARRÊTE TES CONNERIES !
BON, ESSAYE JUSTE DE NE PAS LE TOUCHER, ET NE LUI DONNE RIEN À MANGER.
Marchons doucement, sa famille ne doit pas être bien loin.
ON DIRAIT QU'IL T'ÉPOUILLE ET QU'IL TE FAIT PLEIN DE BISOUS...
FRSH
FRSH
ATTENDS, C'EST RISQUÉ !
GRATTE
ON VA ATTENDRE UN PEU AVANT DE TROP S'ÉLOIGNER.
IL CHLINGUE...
J'AIMERAIS BIEN L'ENLEVER DE MA TRONCHE...
AU MOINS, AVOIR CE SINGE COLLÉ AU VISAGE ME PERMET DE LUI PRENDRE LA MAIN...
UNE CHANCE QU'IL AIT ÉTÉ SI GENTIL...

Et HOP !
ON DÉFAIT LES NŒUDS DU SERPENT.
IL NE TE MORDRA PAS SI TU TIENS BIEN SA MÂCHOIRE.
on sépare les bois
ATTENTION !
C'EST DANGEREUX !
TU ES PERDU ?
SÉRIEUX, COMMENT ÇA SE FAIT QUE T'ARRIVES À PARLER AUX ANIMAUX ? ET PUIS C'EST QUOI CE SENTIER CHELOU ?!
Tu vas jouer les bons samaritains encore longtemps ?
IL VAUT MIEUX NE PAS LE TOUCHER INUTILEMENT...
... IL SE FERAIT ATTAQUER S'IL AVAIT TROP L'ODEUR D'HUMAINS SUR LUI !
HEIN ?
POF
GRAB
EUH... QU'EST-CE QUE...
C'EST EMBÊTANT, ÇA !

ÇA COMMENCE FORT, DÉJÀ UN LAPIN BLESSÉ !
TU CROIS QU'IL S'EST FAIT CROQUER ? ÇA CRAINT, NON ?
NON, TU TE GOURES...
IL EST PROBABLEMENT JUSTE MORT DE FAIM.
COMMENT TU LE SAIS ? T'ES VÉTO ?
CRUNCH
CRUNCH
CRUNCH
QU'EST-CE QUE TU FICHES AVEC DES CAROTTES DANS TON SAC, TOI ?!
TIENS, MANGE !
MERCI INFINIMENT À TOI, BEAU JEUNE HOMME !
STAP
STAP
INUTILE DE ME REMERCIER, PORTE-TOI BIEN !
J'Y CROIS PAS, IL IMITE MÊME LA VOIX DU LAPIN...
IL N'Y A VRAIMENT PERSONNE SUR CE SENTIER, ON EST EN PLEINE FORÊT !
JE ME DISAIS QU'ON POURRAIT PEUT-ÊTRE SE TENIR UN PEU PAR LA MAIN, MAIS...
VISE UN PEU ÇA, AKAMATSU !
ENCORE ?!

DE TOUTE FAÇON AP-PAREMMENT, LES OURS SONT PLU-TÔT CALMES EN CETTE SAISON.
T'INQUIÈTE, ON N'EN CROISERA SÛREMENT PAS !
Insouciance de citadin
ET SI ON EN VOIT UN, ON N'AURA QU'À S'ARRANGER POUR PARAÎTRE PLUS GRAND QUE LUI !
JE SUIS PAS SÛR QUE ÇA FONC-TIONNE...
ET PUIS C'EST QUOI CETTE FIGURE ?
AAAH, C'EST TELLEMENT AGRÉABLE !
DLING
ÇA FAIT DU BIEN, UN PEU DE FRAÎ-CHEUR !
DLING
C'EST CLAIR...
LE SENTIER SE DIVISE EN TROIS, LEQUEL ON PREND ?
Super nature
Pas mal de nature
Nature
IL Y A MÊME DES PANNEAUX. ON PREND À DROITE ?

HÉ HÉ HÉ !
Main dans la main
HÉHÉ !
は
AH
ON A DU TEMPS AVANT LE DÎNER, ÇA TE DIT D'ALLER FAIRE UN TOUR ?
BONNE IDÉE.
IL Y A DES BAINS PRIVATIFS, ON SE RÉSERVE UN CRÉNEAU ?
Des bains privatifs...
ÇA M'EXCITE GRAVE ! PAS ÉTONNANT, VU QUE JE SUIS ENCORE PUCEAU...
TENEZ, VOICI LA CARTE DES DIFFÉRENTES BALADES.
PRENEZ CES CLOCHETTES, JUSTE AU CAS OÙ, ÇA ÉLOIGNE LES OURS.
ON EN CROISE RAREMENT, MAIS MIEUX VAUT PRÉVENIR QUE GUÉRIR !
Des ours ?
Je suis encore excité, mais plus pour les mêmes raisons...
Deux citadins

SBOF
JE PRENDS CE LIT !
TU DORS TOUJOURS À DROITE, D'HABITUDE, POURQUOI TU CHANGES ?
J'AIME PAS ÊTRE PRÈS DE LA FENÊTRE !
FRSH
FRSH
FRSH
LE LIT EST TELLEMENT MOELLEUX ! ♥
TU L'AS DIT, MON VIEUX ! ♥

ET TOUT ÇA GRATOS~!!
YOUHOUUU, À NOUS L'AUBERGE QUATRE ÉTOILES !!
C'EST PRESQUE BIZARRE DE TE VOIR AUSSI MOTIVÉ... MAIS ÇA ME DONNE LA PÊCHE À MOI AUSSI !
AAAH, LE BON AIR PUR !
ON EST DÉJÀ À UNE SACRÉE ALTITUDE !
PARKING
COOL, ON VA POUVOIR MANGER DE LA GLACE !
GÉNIAL, LA CHAMBRE EST IMMENSE !

C'EST PARTI POUR LA MONTAAAGNE !
C'est vrai que ces derniers temps, ce pauvre Seven n'a pas été épargné.
LES DERNIERS VILLAGEOIS VIENNENT DE DISPARAÎTRE DE MON CHAMP DE VISION...
Il a été appelé par la police de nombreuses fois, pour témoigner sur l'affaire liée à Eight et à son beau-père...
... et il a pris quelques jours pour tout mettre en ordre avec Takasu avant de partir définitivement.
Depuis, M. Hako est venu une fois à l'appartement, et nous avons un peu discuté tous les trois...
Pourquoi tu m'as fait venir ?
M. Takasu n'avait pas l'air de bonne humeur, qu'est-ce que tu cherchais à faire ?
Allez, t'en fais pas, tout est bien qui finit bien !
... ensuite, j'ignore ce qui s'est passé et c'est tant mieux.
En tout cas, ça va lui faire du bien de se changer les idées !
ON EST ARRIVÉS !

GLOUPS
PFOUAAAH !!
AKAMAT-SU...
OUAAH ...
QU'EST-CE QU'IL Y A ?
Tu m'as fait peur...
Grande loterie d'été
応募BOX
À chaque fois qu'il va au centre commercial « Veon », Seven tente sa chance à la loterie.
J'AI GAGNÉ LE PRIX SPÉCIAL DE LA GRANDE LOTERIE D'ÉTÉ, YOUHOUUU !
Coupon pour une nuit à la station thermale de la montagne aux Kudzus
Valable pour deux personnes
TADAAAM
APRÈS TOUTES LES MERDES QUI NOUS SONT ARRIVÉES, ON VA ENFIN AVOIR L'OCCA-SION DE SE DÉTENDRE !
À CROIRE QU'IL Y A PLUS AUCUNE TENSION, D'UN COUP ! J'ÉTAIS CARRÉMENT SUR LES NERFS, MOI !

LA LESSIVE VA BIEN SÉCHER...
QUEL BONHEUR !
JE SUIS RENTRÉ ! IL Y A DU COURRIER POUR TOI.
SALUT...
RAAAH, JE CRÈVE DE CHAUD...
CRSH ペリ
CRSH ペリ

AKAMATSU (et) SEVEN 15

les colocs d'enfer !

TU ES LÀ, C'EST LE PRINCIPAL.
TU ES CHEZ TOI.
OUI, JE SUIS RENTRÉ !

JE ME SUIS TELLEMENT INQUIÉTÉ ! T'IMAGINES MÊME PAS !
PARDON...
IL Y A TELLEMENT DE CHOSES QUE...
C'EST RIEN !
ON POURRA EN PARLER QUAND TU TE SENTIRAS PRÊT.

BIENVENUE À LA MAISON !
ÇA FAIT PLAISIR !

CLANG
SA... SALUT...
JE SUIS DE RETOUR.

TOC TOC

22:48

カアッ
CROA
カアッ
CROA
FLAP
パン…

J'ai rien pu faire...
Je suis juste resté planté là.
TULULUT
T'es mort ?
10:55
Aujourd'hui
17:03
SEVEN
Je rentre !

JE VEUX QUE VOUS ME PROMETTIEZ DE NE PAS LUI FAIRE DE MAL.
ET À EIGHT NON PLUS.
MÊME SI ON DEVAIT SE BROUILLER À L'AVENIR, VOUS ET MOI.
C'EST LA SEULE CHOSE QUE JE DEMANDE !

TU DEVRAIS...
... RENTRER CHEZ TOI.
TRÈS BIEN.

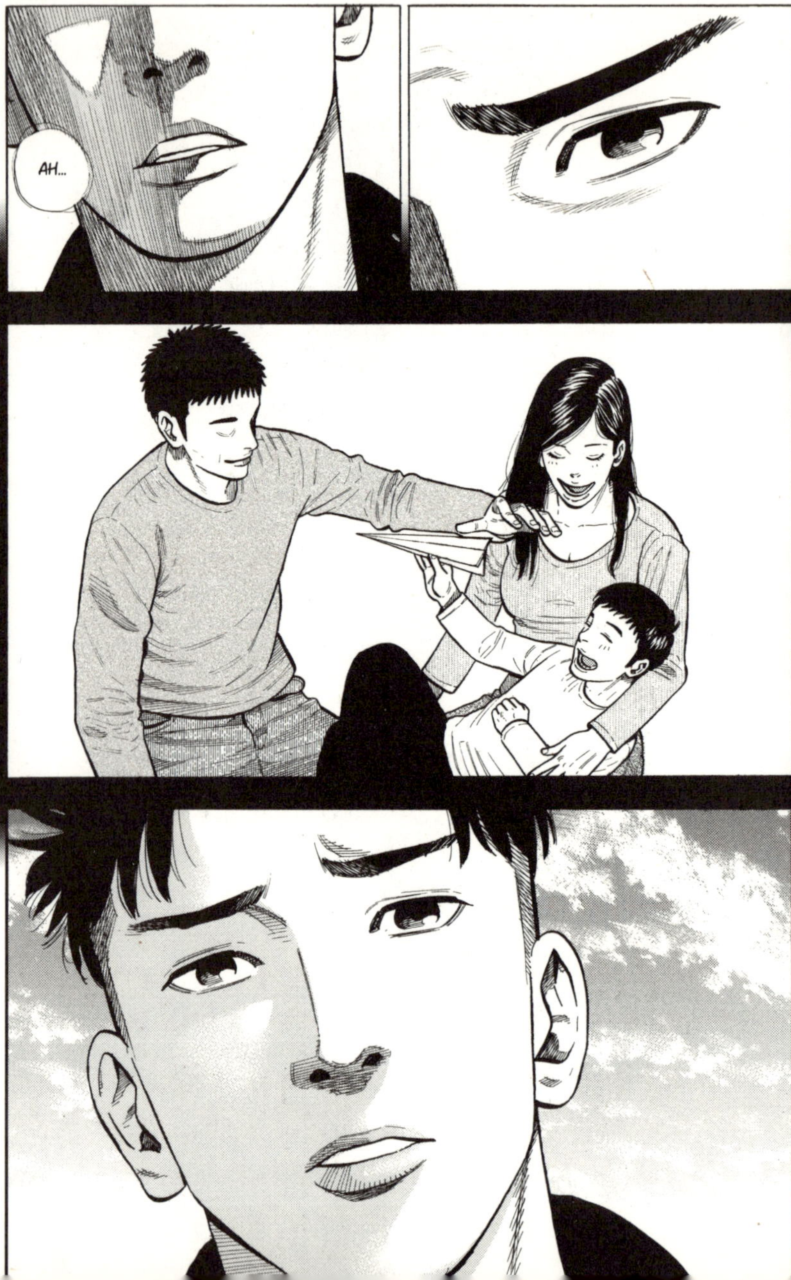
AH...

J'AI DIT QUE J'ÉTAIS VENU TE CHERCHER...
... MAIS CE SONT TES AFFAIRES, JE N'AI PAS MON MOT À DIRE.
DÉCIDE TOUT SEUL.
QUEL QUE SOIT TON CHOIX, JE L'ACCEPTERAI SANS BRONCHER.

VOILÀ MES CONDITIONS. LIBRE À VOUS DE LES ACCEPTER OU NON.
JE SUIS CONSCIENT DU MAL QUE JE VOUS AI FAIT, INDIRECTEMENT. IL FAUT JUSTE QUE TU SACHES, SEVEN...
... QUE SI TU DÉCIDES DE NOUS QUITTER POUR PARTIR VIVRE AVEC TON PETIT BLONDINET...
... TU N'AURAS PLUS DROIT À AUCUN SOUTIEN DE MA PART.
ET BIEN ENTENDU, IL Y A DES SECRETS QUE TU DEVRAS EMPORTER DANS LA TOMBE. C'EST VU ?

CE QUI VA SE PASSER, C'EST QUE JE VAIS VOUS VIRER TEMPORAIRE-MENT ET MONTER UNE NOUVELLE ENTREPRISE.
JE VAIS GARDER À L'ŒIL LES CLIENTS QU'ON A PROTÉGÉS CETTE FOIS ET, AU BESOIN, JE ME SERVIRAI D'EUX...
... POUR ÊTRE CERTAIN QUE VOUS N'AYEZ AUCUN ENNUI.
ET SI VOUS VOULEZ REVENIR...
... ON REPRENDRA TOUT À ZÉRO.
TOI, EIGHT, JE TE CONSEILLE DE PRENDRE UN PEU DE TEMPS POUR RETROUVER TES ESPRITS.

IL FAUDRA QUE TU AILLES FAIRE TA DÉPOSITION À PROPOS DE CETTE AFFAIRE, TOI AUSSI.
À TOI DE DÉCIDER SI TU ACCORDES TA VERSION AVEC LA LEUR OU PAS.
AVEC TOUT CE QUE KANZAKI VOUS A FORCÉ À FAIRE, JE NE PEUX PLUS RIEN POUR LE SORTIR DU PÉTRIN DANS LEQUEL IL S'EST FOURRÉ.
IL IRA CROUPIR DERRIÈRE LES BARREAUX, ÇA NE FAIT PAS L'OMBRE D'UN DOUTE !

JE TE DEMANDE PARDON.
CE...
CE N'EST PAS CE QUE JE VEUX ENTENDRE...
PAS ÇA...

J'AI EU ENVIE DE PARTIR...
... ALORS JE L'AI FAIT.
GRAB
PAF
ÇA SUFFIT, EIGHT !
AH LÀ LÀ...
PAF

POURQUOI T'ES-TU ÉVANOUI DANS LA NATURE ALORS QUE TU ÉTAIS PARTI À LA RECHERCHE DE SACHIKO ?
BEN...
J'Y PENSAIS DEPUIS UN MOMENT.
PARFOIS...
... SI JE POUVAIS CONTINUER COMME ÇA.
... JE ME DEMAN-DAIS...

SEVEN...
POURQUOI ES-TU PARTI AUSSI BRUSQUEMENT ?

ÇA M'ÉTONNERAIT PUISQUE TOUT CE QUE VOUS VOULEZ, C'EST PROTÉGER VOS CLIENTS !
QUAND SEVEN S'EST TIRÉ, ON A TOUS DÛ FAIRE D'INCROYABLES EFFORTS POUR COMBLER LE MANQUE À GAGNER !
PUIS JE L'AI RETROUVÉ, ET J'AI DÉCOUVERT QUE MONSIEUR SE LA COULAIT DOUCE AVEC L'AUTRE DEMEURÉ DE BLONDINET, TRANQUILLOU, COMME SI DE RIEN N'ÉTAIT !
EST-CE QUE TU AS SEULEMENT RÉFLÉCHI À CE QUE J'AI PU ENDURER APRÈS TON DÉPART, HEIN ?!

PROTÉGER… LES CLIENTS…
HA !
VOUS SAVEZ COMBIEN ON S'EST SACRIFIÉS POUR VOTRE ENTREPRISE, SEVEN ET MOI ?
TOUS CES CLIENTS QUI ALLAIENT VOUS LÂCHER ET QU'ON A RETENUS, TOUT CE FRIC QU'ON A RAPPORTÉ, TOUTES CES GRANDES GUEULES QU'ON A DÛ TEMPÉRER…
ET LUI, IL AVAIT LE DROIT DE DIRE NON. DE REFUSER DE TRAITER AVEC LES CLIENTS QUI NE LUI REVENAIENT PAS !
DU COUP, JE RÉCUPÉRAIS TOUS LES CONNARDS !
LE PIRE, C'EST QUE JE NE POUVAIS PAS LES ENVOYER BALADER. IMAGINEZ LES PERTES POUR LA BOÎTE, SI JE L'AVAIS FAIT !
TU AURAIS DÛ.
SI SEULEMENT TU ÉTAIS VENU M'EN PARLER…
ET QU'EST-CE QUE ÇA AURAIT CHANGÉ, HEIN ?
VOUS AURIEZ MIS UN TERME À CE CERCLE VICIEUX ?

EIGHT...
TU PRÉTENDS AVOIR PITIÉ DE LUI...
... MAIS TU VOUDRAIS QU'IL AILLE SE RENDRE AVEC L'AUTRE ENFLURE ?
ET QU'ILS SE METTENT D'ACCORD SUR CE QU'ILS VONT DIRE, PAR-DESSUS LE MARCHÉ ?!
ÇA PEUT SEMBLER INJUSTE, JE SAIS, MAIS IL Y A DES CLIENTS QUE JE DOIS À TOUT PRIX PROTÉGER.
J'ESSAYE DE TROUVER LE JUSTE MILIEU ENTRE DÉFENDRE MES HOMMES ET MES CLIENTS.
EIGHT...

LA POLICE M'A CONTACTÉ CE MATIN, TU SERAS BIENTÔT ARRÊTÉ.
SI EN PLUS TU TREMPES DANS UN TRAFIC DE DROGUE, JE NE SUIS PAS CERTAIN DE POUVOIR FAIRE GRAND-CHOSE POUR TOI.
J'AI CONTACTÉ UN AVOCAT. IL CONSEILLE QUE VOUS VOUS RENDIEZ À LA POLICE ET QUE VOUS LEUR EXPLIQUIEZ LA SITUATION EN DÉTAIL, HISTOIRE D'ESSAYER DE RÉDUIRE TA PEINE DE PRISON.
MAIS AVANT ÇA, IL VA FALLOIR QUE VOUS VOUS METTIEZ D'ACCORD, KANZAKI ET TOI, SUR LES NOMS À BALANCER ET CEUX À GARDER SECRET.

DU MOINS JUSQU'À HIER.
MAIS J'AI UN PEU BOUSCULÉ KANZAKI...
... ET IL A CRACHÉ LE MORCEAU.
IL M'A DIT AVEC COMBIEN DE PERSONNES IL LES AVAIT FORCÉS À COUCHER.
L'UNE D'ENTRE ELLES EST MORTE CE MATIN, D'AIL-LEURS.
JE SUPPOSE QUE TU VOIS DE QUI JE PARLE, EIGHT...
... PUISQUE TU ES SUSPECTÉ DE TENTATIVE DE MEURTRE À SON ENCONTRE.

PEUX-TU SEULEMENT EN DIRE AUTANT DU VIEUX RENARD QUI SE TIENT À TES CÔTÉS ?
APRÈS CET INCIDENT, TU AS TOUT FAIT POUR ME CONVAINCRE DE NE PAS LE LIVRER AUX FLICS...
... ET MAINTENANT, TU LE LAISSES AGIR COMME BON LUI SEMBLE ?
TU ES FRANCHEMENT MAL PLACÉ POUR TROUVER QUOI QUE CE SOIT À REDIRE SUR LA FAÇON DONT JE GÈRE MES AFFAIRES !
POURQUOI RESSASSER DE VIEILLES HISTOIRES ?
PAS SI VIEILLES QUE ÇA, PUISQU'IL CONTINUE SES PETITES MANIGANCES SALACES !
PARCE QUE TU CROIS VRAIMENT QU'IL N'EST PLUS RIEN ARRIVÉ À CES DEUX-LÀ DEPUIS TOUT CE TEMPS ?!
J'EN ÉTAIS CONVAINCU, OUI.

CHACUN FINIT PAR SUIVRE SA ROUTE, QUE CE SOIT EN MONTANT SA PROPRE BANDE OU EN CHANGEANT DE VOCATION... ET ÇA NE ME DÉRANGE PAS !
CE QUI ME POSE PROBLÈME, EN REVANCHE, CE SONT TES ACTIVITÉS !
LA BRIGADE DES STUPS VOUS A À L'ŒIL.
ALORS ÉVITE D'IMPLIQUER DES GENS QUE JE CONNAIS DANS TES CONNERIES.
C'EST POUR ME DIRE ÇA QUE TU ES VENU ?
TOI, QUI SERAIS PRÊT À DEALER AVEC LES ORGANISATIONS LES PLUS LOUCHES QUI EXISTENT, RIEN QUE POUR AUGMENTER TES PROFITS ?
LES TYPES AVEC QUI JE MARCHANDE SONT TOUJOURS MOINS DANGEREUX QUE TES TRAFIQUANTS DE DROGUE !

FRANCHEMENT, JE TE JURE…
BON, JE SUPPOSE QUE LE GAMIN PEUT RESTER ÉCOUTER.
JE NE SUIS PAS LÀ UNIQUEMENT POUR SEVEN…
IL FAUT QU'ON DISCUTE DE TES PETITES AFFAIRES, TAKANAMI…
… ET DE TOI, EIGHT !
QUAND J'AI SU QUE TU VOULAIS PRENDRE TON INDÉPENDANCE, TAKANAMI, J'AI TOUT DE SUITE SU QUE TU EMBARQUERAIS EIGHT AVEC TOI.
ET… J'AI PLUS OU MOINS DEVINÉ QU'IL TE SUIVRAIT SANS HÉSITER.
APRÈS TOUT, C'EST TOI QUI L'AS SAUVÉ !

TAKASU, ÇA NE FAIT QU'UNE PETITE SEMAINE QUE SEVEN EST REVENU CHEZ MOI.
ET À MON AVIS, AVANT ÇA, IL DEVAIT VIVRE AVEC CE GARÇON.
C'EST VRAI, SEVEN ?
......
JE ME SUIS ARRANGÉ POUR SQUATTER UN PEU CHEZ LUI, OUI. MAIS JE NE LUI AI RIEN DIT, IL IGNORE ABSOLUMENT TOUT DE MOI !
PAR CONTRE, EIGHT M'A MENACÉ DE LE KIDNAPPER ET DE LE VENDRE SI JAMAIS JE NE RENTRAIS PAS CHEZ TAKANAMI.
TU AS VRAIMENT FAIT ÇA, EIGHT ?
DIS DONC, TOI...

JE M'APPELLE AKAMATSU, J'AI VÉCU ENVIRON DEUX MOIS AVEC KANZAKI.
SA SOUDAINE DISPARITION M'A INQUIÉTÉ, ET J'AI DÉCIDÉ DE VENIR LE CHERCHER.
LE CHERCHER ?
JE T'AI RIEN DEMANDÉ !
CE NE SONT PAS TES OIGNONS. RENTRE CHEZ TOI, ABRUTI !
J'PEUX SAVOIR QUI TU TRAITES D'ABRUTI ?!
TOI ! ET JE TE PRÉVIENS ! SI TU CROIS QUE NOS PETITES PARTIES DE JAMBES EN L'AIR SONT TERMINÉES, TU TE FOUS LE DOIGT DANS L'ŒIL !
PFFT...
ÉVITE PAS LE SUJET !
Plutôt direct, comme attaque...
J'ÉVITE RIEN DU TOUT ! JE SUIS PARTI PARCE QUE J'ÉTAIS OBLIGÉ, MAIS ÇA VEUT PAS DIRE QUE JE SERAIS JAMAIS REVENU ! ALORS S'IL TE PLAÎT, FAIS-MOI LE PLAISIR DE DÉGAGER D'ICI !
QUELQU'UN PEUT M'EXPLIQUER ?!

SI T'ES EN VIE, LA MOINDRE DES CHOSES AURAIT ÉTÉ DE M'ENVOYER UN MESSAGE !
JE ME FAISAIS UN SANG D'ENCRE, MOI !
...!!
QUI C'EST, CE GUIGNOL ?
ET QU'EST-CE QU'IL A À VOIR DANS TOUT ÇA ?

TU...
?
TSS...

AKAMATSU (et) SEVEN 14

les colocs d'enfer !

QUI C'EST, CE GUS ?
ME VOILÀ ! ♥

PARDON DE GÂCHER LA PETITE FÊTE, JE M'APPELLE AISUKE AKAMATSU !!
AH, C'EST LÀ QUE TU TE CACHES !!

TU ES ADULTE À PRÉSENT, NON ?

ÇA FAISAIT UN BAIL, TAKASU !
ÇA TE RESSEMBLE BIEN, CE PETIT TRAQUENARD ! T'ABAISSER À CE QUE FERAIT UNE BANDE DE DÉLINQUANTS, OU UNE ÉMISSION DE CAMÉRA CACHÉE À LA CON…
L'IDÉE NE M'EMBALLAIT PAS PLUS QUE ÇA, SI TU VEUX TOUT SAVOIR !
MAIS ON AURAIT ÉTÉ UN PEU À L'ÉTROIT DANS TON BUREAU, SANS COMPTER QUE JE NE ME SERAIS PAS SENTI TRÈS EN SÉCURITÉ !
ET JE SAIS QUE TU N'AURAIS PAS FAIT LE DÉPLACEMENT JUSQUE CHEZ NOUS.
COMMENT TU VAS, SEVEN ? QUI AURAIT CRU QUE TU CHOISI-RAIS TAKANAMI, TOI AUSSI…
TU NOUS AS MIS DANS LE PÉTRIN EN TE FAISANT LA MALLE ! ON N'ÉTAIT MÊME PAS CAPABLES DE PLIER CORRECTEMENT LE LINGE DU JEUNE BOSS ! HEUREUSEMENT, ON S'EST BEAUCOUP AMÉLIORÉS !
MAIS LAISSONS ÇA DE CÔTÉ. SI TU N'ÉTAIS PAS CONTENT, TU AURAIS AU MOINS PU VENIR EN DISCUTER AU LIEU DE FILER !

WHAT'S UP
SACHIKO
SACHIKO
Tu sais lire une carte, Stacy ?

COMME ÇA.
JE TE COMPRENDS PARFAITEMENT, EIGHT.
HÉHÉ !
U.W.F.

QUAND IL S'AGIT DE CE GOSSE, LES CHOSES NE PRENNENT JAMAIS UNE BONNE TOURNURE...
EIGHT...
JE SUIS RENTRÉE.
AH, SALUT...
TU AS PASSÉ UNE BONNE JOURNÉE ?
OUI...
COMMENT TU LE SAIS ?

Le gamin doit aller pisser...
Je l'y emmène moi-même !
TEL QUE TU ES AUJOURD'HUI, TU T'EN SORTIRAIS PROBABLEMENT SI TU PARVENAIS À T'ENFUIR UNE NOUVELLE FOIS...
Andrew
Andrew
Est-ce que tu pourrais aller récupérer mes affaires, Sachiko ?
Andrew
IL SE FAISAIT DU SOUCI POUR AKAMATU. SES AFFAIRES, C'ÉTAIT JUSTE UN PRÉTEXTE POUR QUE J'AILLE JETER UN ŒIL À LA SITUATION.
PFF...
JE NE VAIS PAS POUVOIR TRAHIR TAKASU PLUS QUE JE NE L'AI DÉJÀ FAIT...
JE VOUS JURE...

Tu veux t'enfuir ?
CLIC
カチ…
Qu'est-ce que tu fabriques, Hako ?!

Crois-moi, je n'ai pas non plus très envie que tu rejoignes la bande.
ment of Social Welfare an

NJPW
NJPW

衣料洗剤
4
NJPW
Depuis quand ça a changé ?
Difficile à dire, c'est une accumulation de plein de petites choses...

L'entraînement est terminé !
On va au supermarché !
Et merde !
Allez, au bain !
J'ai pas envie !
Mange tes champignons !
J'en veux pas !
Encore cette chemise...
J'avais pas envie de l'enlever !
Brosse bien toutes tes dents, de la première à la dernière !

IL EST GENTIL...
VRAIMENT TRÈS GENTIL !
ÇA ALORS, JE NE M'ATTENDAIS PAS À ENTENDRE CE GENRE DE MOTS SORTIR DE LA BOUCHE DE MON FILS !
TOUT CE QUE JE VOULAIS SAVOIR, C'ÉTAIT SI KANZAKI ALLAIT BIEN !
IL EST PARFOIS UN PEU AUTORITAIRE...
... MAIS IL EST ÉCONOME ET IL FAIT BIEN LA LESSIVE, MÊME SI ÇA LUI ARRIVE DE RÂLER UN PEU...
......
JE VAIS RÉVISER.
MUSCLE BIEN TON SPHINCTER !
MOUAIS ...
CLAC

TU SAIS, TON PÈRE ET MOI AUSSI IL ARRIVE QU'ON EN VIENNE PRESQUE AUX MAINS QUAND ON SE DISPUTE !
HEUREUSEMENT, ÇA NE RESTE QU'UNE BATAILLE PSYCHOLOGIQUE. L'ASTUCE, C'EST DE S'ARRÊTER JUSTE AVANT DE SENTIR QU'ON VA CRAQUER. SINON, IMPOSSIBLE DE SE RABIBOCHER APRÈS !
ENFIN BON, JE COMPRENDRAIS QUE VOUS VOUS SOYEZ FAIT UN PEU SAIGNER ! MAIS DIS-MOI QUE CE N'EST PAS PARCE QU'IL T'A **DÉCHIRÉ LE DERRIÈRE**, HEIN ?!
N'IMPORTE QUOI !
JE NE SUIS PAS VENU PARCE QU'ON S'EST DISPUTÉS !
JE VOULAIS JUSTE...
... ME CONCENTRER UN PEU SUR MES ÉTUDES.
FSH
J'AI BIEN MANGÉ, JE REMONTE DANS MA CHAMBRE.
BON COURAGE !
T'ES PAS SYMPA, SHÛ...
MIAOUUU...
POF
POF
ET ALORS, KANZAKI ?

......
AVEC L'EXPÉRIENCE QUE TU AS, TU DEVRAIS SA-VOIR QU'IL VAUT MIEUX ÉVITER DE GARDER DES ZONES D'OMBRE, NON ?
BON...
ET SI ON DISCUTAIT UN PEU, À CŒUR OUVERT ?
TU VEUX SOULAGER TA CONSCIENCE ?

ON SAIT QUELQUE CHOSE ?
QU'IL PORTE DES FRINGUES CLASSES.
NON, RIEN...
CE SERAIT PAS SEVEN ?!
J'AI ESSAYÉ D'ESPIONNER UN PEU LE BUREAU DE TAKANAMI, VOUS IMAGINEZ MA SURPRISE QUAND JE LES AI TROUVÉS LÀ, TOUS LES DEUX !
ALORS QUE JE L'AI CHERCHÉ PARTOUT SANS JAMAIS TROUVER LA MOINDRE TRACE !
TAKASU... J'ARRIVE PAS À CROIRE QUE TAKANAMI AIT MIS LA MAIN SUR LUI AUSSI FACILEMENT !
C'EST VRAI QUE TU Y AS PASSÉ DES JOURS...
MAIS ÇA N'A RIEN À VOIR AVEC L'ENQUÊTE DES FLICS, PAS VRAI ?
LA POLICE ENQUÊTE SUR UNE TENTATIVE DE MEURTRE.
TRAFIC DE DROGUE ET TENTATIVE DE MEURTRE, ÇA COMMENCE À FAIRE BEAUCOUP !
POURQUOI TU RESTES AUSSI SILENCIEUX DEPUIS TOUT À L'HEURE, KANZAKI ?
POUR RIEN...
OH, EUH...

MÊME S'IL SE FAISAIT PINCER, IL NE NOUS TRAHIRAIT JAMAIS.
POF
VOUS LUI FAITES SACRÉMENT CONFIANCE...
OUAIS...
JE SAIS QU'IL NE NOUS VENDRAIT PAS !
EIGHT TREMPE DANS UN TRAFIC DE DROGUE.

JE FILE, MOI, J'AI ENCORE UN JOB SUR LE FEU POUR TAKASU !
JE VAIS PROGRAMMER UN RENDEZ-VOUS AVEC LES ACHETEURS !
VAS-Y !
AVEC COMBIEN DE CLIENTS VOUS FAITES AFFAIRE, M. TAKANAMI ?
SI VOUS EN AVEZ DÉJÀ ASSEZ, VOUS DEVRIEZ ATTENDRE UN PEU AVANT DE CONCLURE DE NOUVEAUX DEALS.
QU'EST-CE QUI TE PREND, TU VEUX PROTÉGER EIGHT ?
VOUS POURRIEZ TRÈS BIEN FAIRE AFFAIRE SANS QUE PERSONNE NE SE RENDE SUR PLACE, NON ?
VOUS L'EXPOSEZ TROP !
IL EST ENCORE JEUNE MAIS IL A DE L'INFLUENCE. QUAND IL LE FAUT, SE MONTRER PEUT S'AVÉRER PLUS CONVAINCANT. C'ÉTAIT LE CAS CETTE FOIS-CI.
TU TE FAIS DU SOUCI POUR EIGHT, HEIN ? QUOI QU'EN DISENT LES AUTRES, VOUS RESTEZ TRÈS PROCHES, TOUS LES DEUX.
CE N'EST PAS TOUT À FAIT ÇA.
JE TIENS SIMPLEMENT À ÉVITER LES EMMERDES !

VOUS AVEZ ÉTÉ SUIVIS ?
NON, J'AI RÉUSSI À LE SEMER.
SEVEN N'A PAS ÉTÉ TRÈS SYMPA, VOUS SAVEZ ! QUAND J'AI VOULU ALLER LE RETROUVER APRÈS LE DEAL, IL ÉTAIT DÉJÀ AU MOINS 300 MÈTRES PLUS LOIN !
JE T'AI ENVOYÉ UN MESSAGE POUR QUE TU TE GROUILLES, J'AVAIS REPÉRÉ QUELQU'UN DE SUSPECT !
ON COMMENCE AVEC 200. PROBABLEMENT PLUS QUAND UNE RELATION DE CONFIANCE SE SERA INSTALLÉE.
BEAU TRAVAIL !

UN RENDEZ-VOUS DANS LE QUARTIER DES AFFAIRES EN PLEIN PENDANT L'HEURE DU DÉJEUNER, C'EST PLUTÔT RÉGLO !
ております

QUI EST-CE QUE TU AS L'INTENTION DE SUIVRE ?
HMM... TAKANAMI.
JE FAISAIS DES ALLERS-RETOURS ENTRE LES DEUX GROUPES, MAIS MAINTE-NANT QUE TU ES REVENU ÇA DEVRAIT ALLER MIEUX.
MAIS J'AI DES OBLIGATIONS ENVERS TAKASU, DONC JE NE POURRAI PAS PARTIR TOUT DE SUITE.
TAKANAMI NE NOUS TRAITE PAS COMME DE VULGAIRES OUTILS, LUI, ET IL PAYE CORRECTEMENT POUR LE TRAVAIL ACCOMPLI !
ÇA ME PERMET AU MOINS DE BOSSER L'ESPRIT TRANQUILLE.
C'EST BIEN BEAU D'AVOIR DU FRIC...
... MAIS AVOUE QUE LE BOULOT EST CRAIGNOS !
ET LA POLICE JAPONAISE NE RIGOLE PAS !
TU TE FERAS CHOPER UN JOUR OU L'AUTRE !
CE SERAIT PEUT-ÊTRE PAS PLUS MAL, ÇA ME PERMETTRAIT DE VIVRE VRAIMENT EN PAIX !

QUAND ON AURA FINI CE QU'ON A À FAIRE, ÇA TE DIT D'APPELER DES MEUFS ?
SANS FAÇON.
JE PEUX TE PRÉSENTER DES MECS MIGNONS, SI TU PRÉFÈRES.
JE DÉCONNE !
AU FAIT, TU DEVRAIS PEUT-ÊTRE CONTACTER YURIKO...
ELLE ÉTAIT TRISTE DE NE PAS AVOIR DE TES NOUVELLES !
ELLE N'AVAIT DÉJÀ PLUS TROP LA CÔTE, MAIS C'EST CARRÉMENT PIRE DEPUIS QUE TU ES PARTI. PAPA N'ARRÊTE PAS DE SE PLAINDRE QU'ELLE NE RAPPORTE PAS ASSEZ.
JE M'EN FICHE...
DIS-MOI PLUTÔT...

IL NOUS RESTE UNE HEURE À ATTENDRE, ON DEVRAIT GRAILLER UN TRUC !
T'EN FAIS PAS AUTANT POUR AKAMATSU, IL VA S'EN REMETTRE ! AU FINAL, VOUS N'AVEZ VÉCU QUE DEUX MOIS ENSEMBLE.
CE SERA COMME TOUS CES JEUNES QUI PARTENT ÉTUDIER À L'ÉTRANGER ET QUI, APRÈS LEUR RETOUR, FINISSENT PAR NE PLUS CONTACTER LES POTES QU'ILS SE SONT FAITS LÀ-BAS.
VOUS ALLEZ TOUS LES DEUX RETOURNER À VOS ANCIENNES VIES ET TRÈS VITE OUBLIER CETTE PETITE PARENTHÈSE !

JE VOIS...
TIENS, AU FAIT !
COMMENT VONT TES PETITS JEUNES ?
COMMENT ÇA ?
L'UN D'ENTRE EUX SERAIT DANS LE COLLIMA-TEUR D'UNE DE NOS UNITÉS.
QU'EST-CE QUI S'EST PASSÉ ?

TAKASU !
OH, ÇA FAISAIT UN BAIL, HATA !
COMMENT VA ? UNE SOUPE DE NOUILLES AUX LÉGUMES POUR MOI !
TRÈS BIEN !
TOUT DE SUITE !
Je peux m'asseoir ?
Je vous en prie.
J'AI ENTENDU DIRE QUE LE MINISTÈRE DE L'AGRICULTURE AVAIT PROCÉDÉ À UNE INSPECTION...
TAKANAMI EN AURAIT PARLÉ À UN DE MES HOMMES.
IL PARAÎT QU'IL S'EST LANCÉ DANS LE MÊME GENRE DE COMMERCE, J'AI VOULU LUI APPRENDRE UNE OU DEUX PETITES CHOSES.

JE COMPRENDS QUE TU VEUILLES L'AIDER…
… MAIS JE NE PEUX PAS COURIR PARTOUT COMME UN FOU, MOI. ALORS ESSAYE DE RESTER CALME.
DÉSOLÉ…
MOI AUSSI JE VEUX FAIRE QUELQUE CHOSE, MAIS IL VA FALLOIR ATTENDRE QU'UNE OPPORTUNITÉ SE PRÉSENTE.
SANS COMPTER QUE JE SUIS VENU ICI EN DOUCE. LES MECS DE LA BOÎTE NE SAVENT PAS QU'ON EST ENCORE EN CONTACT, SEVEN ET MOI.
POURQUOI EST-CE QUE VOUS…
C'EST UNE QUESTION D'AFFINITÉS, C'EST TOUT.
JE T'APPELLE DÈS QUE JE VOIS DU MOUVEMENT.
POUR LE MOMENT, ON VA RENTRER CHACUN CHEZ SOI ET SE TENIR À CARREAU.
Même si j'ignore combien de temps ça peut prendre.
ET AU FAIT ! MON VRAI NOM, C'EST HAKO. ENCHANTÉ !
IL VAUDRAIT MIEUX QU'ON UTILISE NOUS AUSSI DES PSEUDOS POUR NE PAS ATTIRER L'ATTENTION.
Je télécharge l'appli… et hop, on est amis !
TU SERAS « STACY », ÇA TE VA ? QUANT À SEVEN, SON JOLI PETIT NOM, C'EST « ANDREW » !
VRRR
STA-QUOI ? HEIN ? ANDREW ?

AH ! ATTENDS !
ÇA VA SAIGNEEEER !!
CLAC
TAP TAP TAP
TAC TAC TAC
HEIN... ?
VLAM
BON, OÙ EST-CE QU'IL EST ?!
SEVEN... JE RÊVE OU CE TYPE EST UN DÉBILE ?
TELL ME, SACHIKO !!

AKAMATSU [et] SEVEN 13
les colocs d'enfer !

JE VEUX BIEN COMPRENDRE CETTE MOTIVATION ARDENTE QUI L'ANIMAIT, OUI !!
Hein ? T'as écouté ce que je viens de raconter ?
JE VAIS MÊME COMPRENDRE TOUT CE QUE TOI, TU N'AS PAS ÉTÉ FICHU DE COMPRENDRE !
ET JE VAIS LE SAUVER !!
AKAMATSU ?

IL A...
... PASSÉ TOUTE SA VIE...
... À ÊTRE...
... MANIPULÉ PAR DES GENS...
... SANS AUCUN SCRUPULE.
ALORS, IL A TOUT PLAQUÉ...
... POUR ESSAYER DE RE-PRENDRE SA VIE EN MAIN.
Toi aussi tu as encore du potentiel...
C'est vrai...
C'est bien pour ça que je suis là !

IL S'EST ÉVANOUI DANS LA NATURE IL Y A QUELQUE TEMPS MAIS, ÉVIDEMMENT, COUPER TOTALEMENT LES PONTS N'A PAS ÉTÉ POSSIBLE.
NOTRE BOSS EST UN YAKUZA, APRÈS TOUT !
QUAND C'ÉTAIT NÉCESSAIRE, SEVEN ET EIGHT N'ONT PAS EU D'AUTRE CHOIX QUE DE SE SALIR LES MAINS.
C'EST UNE PÉRIODE PLUTÔT PAISIBLE POUR NOUS, EN CE MOMENT, MAIS LE TRAFIC D'ANIMAUX EXOTIQUES CONTINUE TOU-JOURS, PAR-CI PAR-LÀ.
ON VIT DANS UN MONDE DANGEREUX, QUELQUE CHOSE PEUT FOIRER ET PARTIR EN VRILLE À TOUT MOMENT !
TU DOIS BIEN LE COM-PRENDRE !
.....
JE PEUX ESSAYER DE COMPRENDRE, OUI...
« Essayer » ?

.....
Ah là là, Kanzaki...
Tu vas bien, Eight ?
Pardonne-moi de ne pas avoir compris plus tôt.
Ça a dû être terrible...
Après cet incident, les deux gamins ont été recueillis par Takasu.
Takanami s'y est opposé, mais Kanzaki jouait un rôle trop important au sein de notre petite entreprise et Takasu n'a pas voulu se débarrasser de lui.
C'est là que Seven a commencé à nous filer des coups de main. Se taper le sale boulot ou jouer les gardes du corps, il faisait tout.
Sans compter ses incroyables aptitudes pour les langues étrangères. Il n'a pas fallu longtemps avant qu'il ne nous soit indispensable !

C'est arrivé pile au moment où Eight avait atteint ses limites.
Est-ce que ça va ?!
.....
Eight a craqué et a planté ce type, j'ai essayé de l'en empêcher.
Mais lui, il a frappé Eight.
Tout va bien ? Vous voulez que j'appelle une ambulance ?!
Sûrement pas, ça me mettrait dans le pétrin !!
Non mais vous avez conscience de la situation, au moins ? Vous vous rendez compte de ce que vous faites faire à ces gosses ?!
Calme-toi, Takanami...

C'est Takanami, qui avait rejoint notre boîte depuis peu de temps, qui a remarqué le changement de comportement d'Eight.
Aujourd'hui à 20 heures, c'est clair ?
?
Ça ne va pas, Eight ? Quelqu'un s'en est pris à toi ?
S'il se passe quoi que ce soit, n'hésite pas à m'en parler !
Poussé par ses soupçons, Takanami a espionné Kanzaki et ses clients, jusqu'au jour où il s'est introduit chez lui.
Je peux savoir ce que tu fous, Kanzaki ?!

Waouh, trop fort !!
M'sieur Hako...
Vous ne pourriez pas m'adopter ?
Qu'est-ce que tu racontes ? Kanzaki est pété de thunes, si tu travailles dur, il pourra t'envoyer dans les meilleures écoles !
On n'accordera jamais ta garde à un ex-taulard comme moi, et puis je ne pourrais t'offrir qu'une vie de misère !
Je ne sais même plus quand il m'a envoyé les premiers signaux de détresse... J'ai cru qu'il faisait sa crise d'adolescence et je n'ai même pas cherché à le comprendre.

Ça a commencé comme ça, avec une simple remarque d'un client.
Tu sais, M. Ishida est un de nos plus gros clients. Ça m'aiderait beaucoup que tu te montres coopératif.
Eight...
Ce n'est pas quelqu'un de mauvais, alors obéis bien à tout ce qu'il te demandera.
Papa...
Puis, la rumeur s'est très vite répandue auprès des autres maniaques du genre.
Le pauvre Seven n'avait aucun autre endroit où aller.
Il a dû penser que c'était le prix à payer pour avoir un toit au-dessus de la tête.
Seven et Eight se sont retrouvés à devoir assouvir tous les caprices des clients.
Mais au fil du temps, les requêtes sont devenues de moins en moins raisonnables...
Faites-le, tous les deux !
Je veux que vous me montriez ça !

C'est ainsi que Seven est arrivé au Japon.
Il est devenu le frère d'Eight, que sa mère, l'ex-femme de Kanzaki, avait laissé derrière lui.
Ils s'entendaient très bien, au début. On aurait dit de vrais frères.
M. Takasu est très satisfait de tout ce que vous faites pour lui, M. Ishida.
J'espère que nous continuerons à faire affaire ensemble !
Dites donc...
C'est qu'il est très mignon, votre petit Eight !
Il est complexé par sa petite taille...
Je trouve que c'est à son avantage !

Il me plaît, ce môme ! Kanzaki, t'es divorcé, non ?
Trouve-toi une nana partante pour immigrer au Japon et adoptez le gosse !
Euh, oui...
Hein ?
Après tout, c'est ce foutu drogué que t'as embauché qui a flingué ses parents !
Si on le laisse livré à lui-même, il finira par rejoindre un gang des bidonvilles.
Tu peux bien t'occuper un peu de lui, non ?
Takasu avait déjà un pied dans le monde des yakuzas, Kanzaki ne pouvait pas refuser.

Il est chargé ?
Du calme, gamin !
Ouais...
C'est le junkie, là-bas, qui a buté tes parents.
mag-lamig Hirokiako
Tirer dans les bras ou les jambes ne fera pas le job !
Si tu veux vraiment le descendre, vise la tête ou le cœur !
No !
No !
No !
No !
PAN

Ouah !
!?
GRAB
CLANG
ガチャン

* Approximativement 35€.

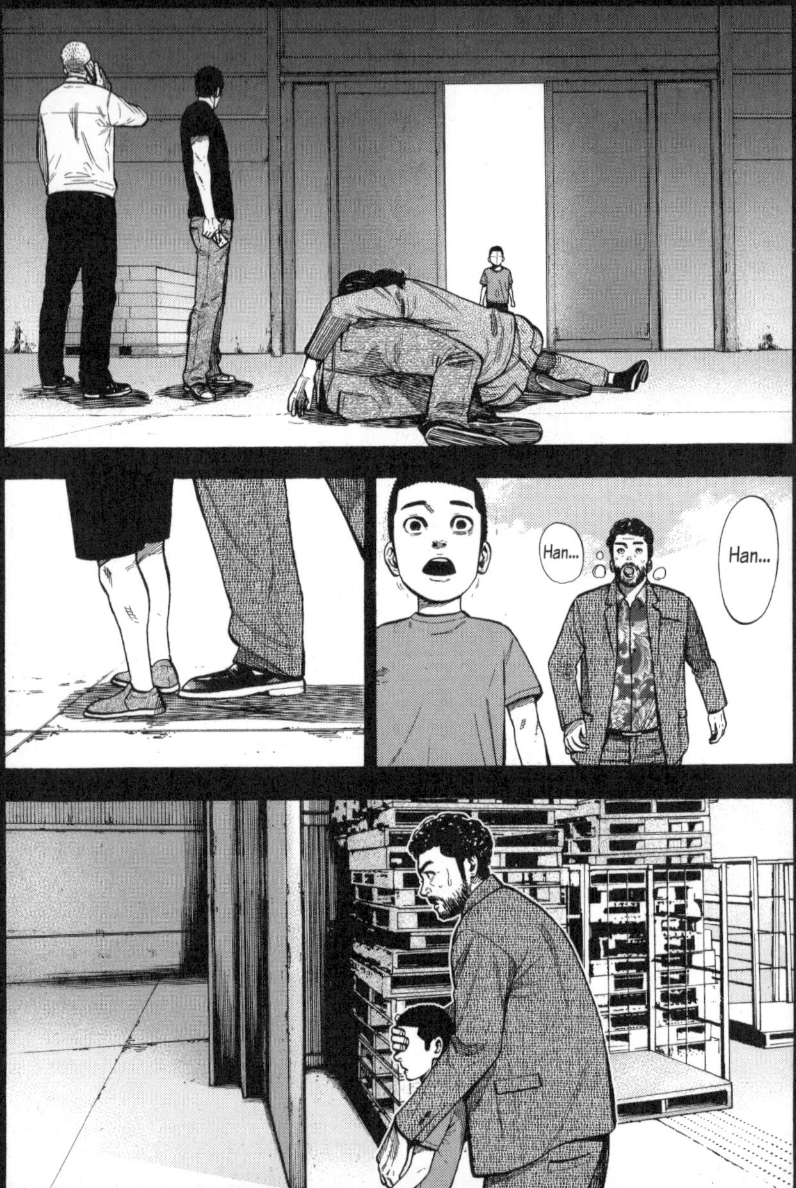
Han...
Han...

N'entre surtout pas !!

Hé, gamin ! Te perds pas !
Alors, c'est réglé ? Je reviens avec le gamin...
On a eu des emmerdes, un des gars qu'on a embauchés s'est pointé avec un flingue et a descendu les acheteurs !
Hein ?!
Que...
Ramène surtout pas le gosse !
Attends !
Hé, gamin ! Arrête-toi !
N'y va pas !!

Surveille le gosse !
Hein ?
Quand on reviendra, on ira t'acheter des rollers !
D'accord !
Pendant à peu près une heure, je me suis baladé au centre commercial d'à côté avec le gamin, histoire de l'occuper.
Ne renverse pas ta glace !
NON ! VEUX Y ALLER ! ON Y VA !
Hé ! Je l'ai déjà dit, on doit attendre ici !
Tu t'adaptes vite, toi...
Bon, je suppose qu'il va être l'heure.
Allez, on y va !

* Cebuano, langue parlée à Cebu et dans d'autres provinces des Philippines.

C'EST UN PEU NAZE DE DIRE ÇA APRÈS PRESQUE DEUX MOIS DE VIE COMMUNE...
... MAIS À PART LE FAIT QUE SES PETS PUENT LA RAGE ET QU'IL AIME LES FRINGUES TAPE-À-L'ŒIL, JE NE SAIS PAS GRAND-CHOSE DE LUI.
ALORS C'EST BIEN BEAU DE ME DEMANDER D'ESSAYER DE LE COMPRENDRE...
... SEULEMENT, AVEC LES INFOS DONT JE DISPOSE, C'EST PAS FRANCHEMENT POSSIBLE !
POUR ÇA, IL FAUDRAIT QUE JE LE CONNAISSE UN MINIMUM !

.....
ÇA VEUT DIRE QU'IL NE COMPTE PAS REVENIR ICI ?
JE SUPPOSE, OUI...
DONC... ON NE SE REVERRA PLUS ?
.....
AKAMATSU...
TU AS CONSCIENCE DU DANGER QUI TE MENACE, PAS VRAI ?
C'EST PAS FACILE À DIRE, MAIS S'ÉLOIGNER DE TOI EST SA FAÇON DE TE PROTÉGER.
ESSAYE DE COMPRENDRE !
IL N'Y A PLUS RIEN À LUI ?

ALORS C'EST LUI QUI CONTACTAIT SEVEN ?
EUUUH...
JE SUIS JUSTE PASSÉ RÉCUPÉRER SES AFFAIRES.
TU PEUX ME LES MONTRER ?
TU PEUX UTILISER SON LIVRET BANCAIRE COMME BON TE SEMBLE !
BEN DIS DONC, ELLE NE PASSE PAS INAPERÇUE CETTE CHEMISE ! ÇA LUI RESSEMBLE BIEN.
EUH... MONSIEUR SACHIKO...
La vôtre n'est pas mal non plus, dans le genre...
IL... IL LUI EST ARRIVÉ QUELQUE CHOSE ? JE N'AI PLUS AUCUNE NOUVELLE, JE NE SAIS MÊME PAS OÙ IL EST...
SI JE SUIS ICI, C'EST UNIQUEMENT PARCE QU'IL S'EN VEUT D'ÊTRE PARTI COMME UN VOLEUR ET QU'IL M'A DEMANDÉ DE RÉCUPÉRER SES AFFAIRES.
MAIS NE T'EN FAIS PAS POUR LUI, IL EST BIEN VIVANT !

AISUKE AKAMATSU ?
DOOOM
HEIN ?
C'est qui, ce type ?
Je le connais pas, ce gros barbu !
Ça en fait des poils !!
GWOOOO
ENCHANTÉ...
GWOOOO
JE M'APPELLE SACHIKO !

JE SUPPOSE QU'IL NE SERA TOUJOURS PAS LÀ… JE DEVRAIS PASSER EN COUP DE VENT À L'APPART ET ALLER CHEZ MES VIEUX.
C'est pas cool, tout seul.
JE DEVRAIS PEUT-ÊTRE PRÉVENIR LES FLICS ?
AKAMATSU ?

JE VAIS PRENDRE LES PRÉSENCES...
JE CONSTATE QU'AKA-MATSU NOUS A QUITTÉS...
KATÔ ?
OUAIIIS...
Ça craint, je ne suis plus bon à rien ! Je n'imaginais pas que ça m'affecterait autant. Quel merdier !
Je voulais pas qu'il me prenne pour un loser s'il rentrait à la maison alors j'ai continué à étudier tous les jours...
Va à l'école et rentre chez tes parents !
T'es où ! Il s'est passé quelque chose ? Ça va ?
18:16
Prévien-moi quand tu rentreras !
18:18
6/26
T'es mort ?
10:55
NON LU
Mais là, j'ai plus du tout la force de réviser, quoi que ce soit ! Je m'inquiète carrément trop pour luiii !
Ben alors, Aisuke, tu manges pas ?
Marche correctement, Aisuke !
BONK

EN FAIT...
ÇA VAUT PEUT-ÊTRE MIEUX POUR LUI QU'ON SE SOIT SÉPARÉS MAINTE-NANT.
IL POURRA RENTRER CHEZ SES PARENTS, ALLER À LA FAC ET SE TROUVER UN MEC BIEN !
DE TOUTE FAÇON, JE NE POURRAIS PAS VIVRE COMME AKAMATSU...
JAMAIS...

FRSHH
J'AI TOUJOURS CE TRUC...
Je l'avais ramassé et fourré dans ma poche, ce jour-là...
Toutes mes excuses !
AH
Wouf !
JE ME DEMANDE COMMENT IL VA... J'ESPÈRE QU'IL NE SÈCHE PAS LES COURS ET QU'IL MANGE CORRECTEMENT !
Je le renifle pas, hein, il sent rien...
IL SE BAT PEUT-ÊTRE AVEC D'AUTRES MECS, DEPUIS QUE JE SUIS PARTI ?
IL VAUDRAIT MIEUX QU'IL NE TRAÎNE PAS TROP DANS LES RUES JUSTE AVANT SES EXAMENS...
PFF...

DÉJÀ DEUX MOIS...
... QUE JE ME DONNE À FOND.
.....
ET SI JE GUETTAIS L'OPPORTUNITÉ DE ME FAIRE LA MALLE UNE NOUVELLE FOIS ?
NON, EIGHT METTRAIT SES MENACES À EXÉCUTION. IL FAUDRAIT D'ABORD QUE JE LUI RÈGLE SON COMPTE...
ET À PART EN LE ZIGOUILLANT, JE NE VOIS PAS COMMENT !
バフッ
SBOF
はあーっ
PFFF
Enfin bon, ce ne serait pas sans risque !

C'EST PAS JUSTE, C'EST TOUJOURS MOI QUI ME TAPE LE SALE BOULOT PEN-DANT QU'IL SE CONTENTE DE REGARDER...
C'EST COMME ÇA, C'EST TOUT ! SEVEN N'EST PAS TOI, ET IL FAUT BIEN QU'ON AIT UNE IDÉE DE CE QUI NOUS ATTEND...
N'EMPÊCHE QUE VOUS ESPÉREZ QU'IL SE SALIRA LES MAINS, TÔT OU TARD...
SEVEN EST GARDE DU CORPS !
ET TOI, TU AS IMAGINÉ LES PIRES ATROCITÉS POUR RÉUSSIR À LE RAMENER ICI ! ESSAYE D'ÊTRE UN PEU PLUS SYMPA AVEC LUI.
N'IMPORTE QUOI ! JE ME SUIS INCLINÉ ET JE L'AI SUPPLIÉ DE REVENIR, C'EST TOUT. D'AILLEURS, JE MÉRITERAIS UN PETIT BONUS POUR ÇA !
ALORS ?
IMBÉCILE ! BON, IL VA PROBABLEMENT VOUS FALLOIR UN BOUT DE TEMPS AVANT DE VOUS RÉHABITUER À VIVRE ENSEMBLE...
VSHH
... MAIS VOUS VERREZ, CE SERA ENCORE MIEUX QU'AVANT !
JE COMPTE SUR TOI, SEVEN !

No, Stop on Container
Apply for EZM first, It takes at least 3 days to EXIT Manila Port so
S'ILS CONTINUENT À FAIRE SEMBLANT DE NE PAS COMPRENDRE L'ANGLAIS, PASSE-LEUR EIGHT !
ON PASSE NOTRE PREMIER MARCHÉ AVEC M. BARA À DEUX HEURES. SEVEN, TU POURRAIS ALLER LES OBSERVER DE LOIN, HISTOIRE DE SAVOIR À QUI ON A AFFAIRE ?
S'IL A DU MONDE AVEC LUI ET SI TU JUGES LA SITUATION DANGEREUSE, JE COMPTE SUR TOI POUR NOUS FILER UN COUP DE MAIN.
COMME JE VOUS L'AI DIT HIER, M. TAKANAMI, JE...
TU NE VEUX PLUS ÊTRE MÊLÉ À LA DROGUE, JE SAIS !
CE N'EST PAS TOI QUI PASSERAS LE DEAL, TU N'ES LÀ QUE POUR GARDER UN ŒIL SUR EUX !

C'EST MOI !
カラ カラ
CLANG
IL N'EST PAS REVENU...
JE M'EN DOUTAIS...
MAPO TOFU
AU CONGÉLO 1 : BON JUSQU'AU 24/06
AU FRIGO 2 : À MANGER VITE

EIGHT KANZAKI...
SEVEN KANZAKI...
C'est quoi ce délire...
J'y pige que dalle !
TAC
TAC

... et lui n'y était plus.
?
Puis quand j'ai repris mes esprits, j'étais chez moi...
Mais Seven était là, je ne sais pas trop pourquoi...
SEVEN KANZAKI
LIVRET BANCAIRE
Je voulais pas jouer les inquisiteurs alors je n'ai jamais posé trop de questions sur sa vie...
SI J'AI BIEN COMPRIS, SES PARENTS SONT MORTS...
キーンコーン DING
DANG
カーンコーン
DONG
J'AI AUSSI L'IMPRES-SION...
... QU'IL M'A PRÉSEN-TÉ DES EXCUSES...

JE VAIS PRENDRE LES PRÉSENCES...
AKAMATSU...
AKAMATSU N'EST PAS LÀ ?
HÉ, MEC !
MOUAIS...
KATÔ...
MOUAIIIS...
LA PROCHAINE FOIS, JE VEUX UNE RÉPONSE CORRECTE SANS QUOI JE TE NOTERAI ABSENT !
TU NE VAS PAS T'Y METTRE !
Il n'est toujours pas rentré depuis ce jour-là...
Je me souviens d'être allé chez Eight, puis je me suis senti grave fatigué...
J'étais probablement sur le point de me faire violer...

AKAMATSU (et) SEVEN
12
les colocs d'enfer !

AKAMATSU [et] SEVEN

les colocs d'enfer !

Amené à faire plus ample connaissance avec Seven au fil de leurs bagarres, Akamatsu l'invite finalement à emménager chez lui. Les deux jeunes semblent inéluctablement attirés l'un envers l'autre mais, lorsque Seven embrasse Akamatsu pour la première fois, ce dernier ne sait comment réagir. Après mûre réflexion, il va décider de rendre ce baiser… et la relation des deux amis devient plus intime.

D'un autre côté, un jeune homme mystérieux prénommé Eight espionne son frère, Seven, tapi dans l'ombre. Il tente même de se rapprocher d'Akamatsu et va jusqu'à le droguer avant de tenter de le violer. Heureusement, le jeune homme est sauvé in extremis par Seven ! Et quand il se réveille péniblement le lendemain matin, il constate que son nouveau colocataire a disparu…

HISTOIRE **SHOOWA**
DESSIN **Hiromasa OKUJIMA**

AKAMATSU [et] SEVEN

les colocs d'enfer !